Laurette Autouard

Les fleurs vénéneuses du mâle

Roman

ISBN : 979-10-388-0322-0
Collection : Blanche
ISSN : 2416-4259
Dépôt légal : avril 2022

Éditions Ex Æquo
6 rue des Sybilles
88370 Plombières Les Bains

www.edition-exaequo.com

Nous limitons volontairement le nombre de pages blanches dans un souci d'économie des matières premières, des ressources naturelles et des énergies.

Un désir incandescent

Marseille, mardi 2 octobre 2018

— Et… ?

Et rien du tout, ou alors si peu de choses que ce n'est pas la peine d'en faire toute une histoire. Vincent ne comprend pas pourquoi il devrait raconter sa vie et parler de ses rêves à ce mec qu'il ne connaît pas.

Il jette un coup d'œil à l'horloge accrochée sur le mur qui lui fait face : 17 h 25, le psychiatre joue les prolongations, semble-t-il. Le balancier de la comtoise pulse les secondes et Vincent, pour passer le temps, compte les battements de son cœur en pressant d'une main la veine de son cou.

Le docteur Thierry Martinier met pourtant du sien pour relancer la conversation, si on peut appeler cela une conversation…

« Oui ? », « Mais encore ? », « Vous voulez dire ? »

Les mots lancés en signe d'encouragement planent comme des drones au-dessus de lui. L'épaisseur du silence les empêche d'atterrir.

Depuis le début, Vincent ne fait pas confiance à ce petit bonhomme frisé et joufflu aux lunettes cerclées d'or : il n'aime pas sa voix mielleuse et sa façon de s'habiller style ado attardé. Il est persuadé que le médecin est de combine avec le juge qui l'a condamné à six mois de prison avec sursis et à vingt séances de psychothérapie ; ils n'y sont pas allés de main morte !

Pour purger sa peine, il va devoir se fader des heures et des heures de grand déballage dans ce cabinet qui lui fait penser à l'arrière-boutique d'un magasin d'antiquités. La pièce, pas très spacieuse, est encombrée de meubles désuets et d'objets hétéroclites placés là juste pour empêcher de respirer.

Il regarde la fenêtre face à lui, seule ouverture de cette salle située au premier étage d'un immeuble bourgeois ; il ne lui en faut pas plus pour que son esprit s'évade et passe côté jardin.

Le haut des rameaux du platane dont les feuilles mordorées marquent l'arrivée de l'automne semble l'attendre. Il aimerait tant être perché sur la plus haute branche de l'arbre, au lieu de rester sous le poids des mots suspendus.

Par la pensée, il plonge son regard dans la cour pavée du patio où l'arbre prend racine. Il imagine qu'en bas, sur la terrasse, des gens heureux se retrouvent après leur journée de travail, peut-être même qu'ils se parlent avec des mots qui viennent tout seuls. Ne pas avoir à réfléchir pour savoir ce que l'on peut dire ou ce que l'on doit taire, cela doit être bien.

Vincent ne supporte pas le bruissement des pages du carnet de son psy ; il se demande ce que l'autre peut bien écrire puisque lui se tait depuis plus de dix minutes. C'est fou ce que cela peut être long dix minutes sans parler, les séances ne durent pas plus de vingt minutes, mais pour lui elles s'étirent à n'en plus finir. Il voudrait convoquer les heures joyeuses de sa vie, celles qui coulent douces et dont il sait la fraîcheur bue à petites goulées ; elles n'ont pas l'air de vouloir accepter l'invitation et il reste là avec sa gorge nouée, rien pour étancher sa soif.

C'est à la fois facile et compliqué de se taire. Se concentrer sur la comtoise fière de ses heures de gloire, zoomer sur les branches du platane, penser à l'hiver dont les griffes dépouilleront le bel arbre de son feuillage, imaginer l'arrivée des premières pousses vertes qui mettront un terme à ces séances qui…

– Bien. C'est terminé ; pour aujourd'hui, on va en rester là.

Vincent descend de son arbre. Il déplace un peu le fauteuil en soulevant son long corps malingre, ankylosé par les tensions dues à la rigidité qu'il s'impose. Il passe ses doigts en forme de peigne dans sa tignasse brune et s'ébroue comme s'il sortait d'un bain.

En position verticale, il dépasse d'une bonne tête le docteur Martinier, ce qui n'est pas fait pour lui déplaire. Il le dévisage et pense qu'il doit avoir deux fois son âge, un vieux de soixante ans. Le psychiatre lui signe son attestation qu'il lui tend d'une main ferme en disant :

– On se revoit la semaine prochaine, même jour, même heure.

Sourire bienveillant contre sourire coincé.

Vincent se retrouve à l'air libre et décide de ne pas prendre le tram, un peu de marche lui fera du bien ; il remonte le boulevard Chave jusqu'à La Plaine, une des plus anciennes places marseillaises, qui garde en mémoire le rire des enfants sur les chevaux de bois. Cet espace de rencontre a aujourd'hui le ventre à l'air par des travaux de rénovation qui n'en finissent plus.

Rue Saint-Savournin, il pousse la porte du magasin de fleurs tenu par Yvette Détailleur. Il est ici comme chez lui car la patronne est une amie de sa mère, elle le connaît depuis sa naissance. Elle a tendance à le materner, ce qui a le don de l'exaspérer, mais il est quand même bien content de pouvoir rester chez elle malgré sa condamnation. Bien sûr il se souvient encore de la leçon de morale administrée en bonne et due forme par la fleuriste et de tous les noms d'oiseaux dont il a écopé, mais aujourd'hui la parenthèse est refermée et il souhaite retrouver sa confiance.

Depuis qu'il a quitté le lycée en première, un divorce consenti avec l'école, il ne fait que des petits boulots lui permettant tout juste de vivoter. Cela fait trois ans maintenant qu'il bosse chez Yvette et comme elle le lui répète souvent, il ne faut plus qu'il se manque car elle lui a fait une fleur en le reprenant après le procès.

Il lui reste une heure avant la fermeture, il va pouvoir aller livrer la corbeille de roses rouges commandée ce matin. Depuis trois ans qu'il exerce ce métier, il n'a jamais remis un bouquet aussi somptueux ; il a hâte de connaître la personne qui va le recevoir.

Forcément, ce doit être une femme, et pas n'importe quelle femme pour avoir droit à une telle brassée de fleurs… Elle sera surprise sans doute, ou peut-être attend-elle ce moment depuis longtemps.

Oui, c'est ça, elle l'attend.

Vincent voudrait être l'Homme, celui qui fait cette offrande. Un mec plein aux as qui peut se payer du bon temps. La fille, sûrement une bombe, va se faire sauter…

Il aimerait arrêter les images violentes dont le flux rageur fait trembler son corps.

Un désir incandescent.

Dans une heure, il sonnera au 5 rue Breteuil.

Une fleur vénéneuse

Marseille, mercredi 10 octobre 2018

Félicie Hoareau se tient debout devant l'entrée du 5 rue Breteuil.

De temps en temps elle se retourne pour regarder le Vieux Port ; la vue entre les deux blocs d'immeubles, qui se font face à l'angle de la chaussée, est plus virtuelle que nature. Par chance le vent a eu la bonne idée de ne pas faire la grasse matinée, il soulève les jupes des filles et fait tanguer les bateaux de plaisance, donnant vie à la carte postale.

Après la scène épouvantable qu'elle vient de découvrir, la beauté du site la saisit, un enchantement toujours renouvelé.

Ce coin de Marseille, la commissaire Hoareau le connaît bien : souvent, elle vient prendre un casse-croûte pendant sa pause déjeuner ; elle s'installe à la terrasse d'un café et regarde la mer, ou plus exactement scrute l'embarcadère des navettes maritimes en partance pour les îles du Frioul.

Félicie porte en bandoulière la nostalgie de son île de La Réunion, et le temps de rêverie qu'elle s'accorde chaque jour entre midi et deux est propice à une douce dérive qui la rapproche de ceux qui lui sont chers, ses parents, ses amis. Le marché aux poissons, le ricanement des mouettes, le bruissement des cordages et des bouées contre le quai, les stridulations des sirènes annonçant l'arrivée des bateaux, tout lui parle de son pays.

Ce matin, pourtant, les seules sirènes qui couvrent le brouhaha des klaxons automobiles sont celles du véhicule des sapeurs-pompiers et de l'ambulance qui bloquent l'une des artères principales de la ville. Le cordon de sécurité, derrière lequel les passants curieux trépignent, empêche les journalistes du quotidien *La Marseillaise* d'être aux premières loges ; ils sont venus en voisins, alertés par les hurlements de sirène : leurs bureaux sur le cours Estienne d'Orves se trouvent à deux pas de la rue Breteuil.

– Madame la Commissaire ! Madame la Commissaire ! pouvez-vous nous dire ce qui se passe ?

Félicie Hoareau connaît bien la journaliste qui l'interpelle, spécialisée dans les questions de justice, souvent reçue dans les locaux de l'hôtel de police situés sur la Canebière en lieu et place du prestigieux hôtel Noailles, un ancien fleuron marseillais.

Pour leur scoop, les journalistes peuvent attendre : c'est la commissaire qui convoque et qui communique des informations quand elle le juge bon. Ce matin, elle les ignore purement et simplement ; d'ailleurs elle n'aime pas être interpellée sur le trottoir, d'autant qu'elle n'a rien à faire là et qu'elle devrait se trouver au dernier étage de l'immeuble avec ses équipes.

Elle sait qu'il y en a encore pour un bon bout de temps avant que l'ambulance transporte le corps de la victime à l'institut médico-légal du CHU de la Timone et elle va devoir remonter auprès de ses collègues.

À vrai dire, tout à l'heure elle a dû dévaler illico presto les quatre étages de l'immeuble à la recherche d'une bouffée d'air pur : elle n'a pas pu supporter l'odeur de putréfaction du cadavre et a dégueulé tripes et boyaux dans la cuvette des WC sous l'œil goguenard des agents de son service, de belles gorges chaudes en perspective…

Félicie Hoareau s'en veut, mais elle n'y peut rien, la vue du sang et les plaies ouvertes ne lui font pas peur, mais les odeurs… De toute façon, elle a l'habitude des moqueries dans son dos ; elle est une femme dans un métier d'homme, et pour en rajouter une couche, elle est une femme de couleur !

La seule noire capable de boire deux blanches d'un seul coup, dit son adjoint et complice le lieutenant Bertrand Schiappani pour clouer le bec aux machos de l'équipe. Bertrand, c'est un vrai bonheur pour elle de l'avoir à ses côtés.

Le lieutenant était déjà en poste quand elle a pris le sien cinq années auparavant et il lui a grandement simplifié la tâche : il était en conflit avec son ancien chef et il a vu arriver la nouvelle commissaire avec enthousiasme. Il était bien le seul d'ailleurs ! Elle a dû pas mal ferrailler avant d'être acceptée par l'équipe, mais elle s'est toujours sentie épaulée par son adjoint, il a su calmer les ardeurs de ses collègues et forcer le respect qui était dû à sa chef.

Félicie a le nez fin et de plus elle n'a pas froid aux yeux, elle sait mener ses hommes. Elle refuse purement et simplement les traitements de faveur prodigués au sexe dit faible et n'a jamais besoin de garde du corps pour rentrer chez elle. Pour elle, la police est unisexe, un point c'est tout.

La valeur doit se mesurer au nombre des années accomplies au service du pays : dans un mois elle soufflera ses dix bougies, et elle aime toujours autant son métier.

Dans l'appartement de la victime Marion Varten, la brigade criminelle comme la police technique et scientifique s'affairent, tentant de relever tout indice et trace d'ADN avant que le cadavre ne soit emporté.

Malgré les fenêtres grandes ouvertes, la puanteur persiste, c'est ce qui a alerté les voisins qui ont fini par appeler la police.

Dès le premier constat, les circonstances de la mort ont semblé suspectes et les témoignages de l'entourage ont renforcé l'idée qu'il fallait pousser plus loin les investigations. Le lieutenant a demandé à sa chef de venir le rejoindre et ils ont été satisfaits de voir arriver en renfort la police scientifique pour essayer de déterminer le jour de la mort et tenter de trouver les premiers indices confirmant leur pressentiment.

Dans la minuscule chambre sans fenêtre où le corps est allongé, l'air est irrespirable. Un diffuseur d'huile essentielle est posé à même le sol.

Rien ne semble avoir été dérangé dans l'appartement dont le tour est vite fait.

Pas de trace de médicament ou de drogue qui pourrait laisser penser à un suicide ou à une overdose.

Pas d'ordinateur, ni de téléphone portable non plus, ce qui n'est pas dans la logique des choses compte tenu du jeune âge de la victime.

Sur la table de la cuisine trône une corbeille de roses rouges insolites et arrogantes dans ce modeste deux-pièces.

Bertrand Schiappani note l'adresse du fleuriste ; son collègue de la police scientifique prend avec soin la petite carte encore agrafée sur le papier cellophane entourant le bouquet et après avoir relevé les empreintes lit à voix haute l'étrange message qui laisse l'équipe médusée.

Le drôle de manège des policiers vêtus de combinaison blanche donne le tournis au lieutenant qui ressent le besoin de parler pour ramener un peu de compassion dans la froideur routinière des gestes techniques :

– Si ce n'est pas malheureux, elle doit avoir l'âge de ma fille.

Elle doit… C'est drôle de voir qu'il n'arrive jamais à parler des morts au passé. Sa façon à lui de retarder les pendules. Il sait que dans quelques heures il devra se rendre au domicile des parents de Marion Varten pour leur annoncer ce malheur qui n'a pas de nom.

Les mots – il commence à les tourner dans sa bouche – ont un goût de plâtre ; il mastique encore et encore jusqu'à ce que sa salive les dilue en une pâte gluante qui l'empêche de déglutir.

Il dira… Il leur dira… Il va leur dire… Il entend déjà le cri terrifiant de la mère et le silence sidéré du père, le moment le plus dur dans son métier.

Il essaie de chasser cette pensée de son esprit et pense à sa fille, Julie ; son rire lui vient en cascade, il en prend une grande gorgée. Elle est terriblement belle et il se demande souvent comment lui et Lætitia ont pu concevoir une pareille merveille, ils ne sont pourtant pas beaux, beaux, beaux tous les deux… Julie, c'est la joie de vivre, et si on touchait à un de ses cheveux !

Bertrand se demande quels seraient les mots qu'il voudrait entendre si on lui apprenait la mort de sa fille ; il n'en trouve pas. Il y a plus de 35 000 mots dans le Petit Larousse et pas un qui puisse dire la mort d'un être cher, un être de sa chair. Il cherche frénétiquement les mots qu'il ne voudrait pas entendre, ceux qu'il ne faudra pas dire tout à l'heure devant les parents.

Ne plus y songer, se concentrer sur sa tâche ; dans un quart d'heure le corps sera emporté et les scellés seront posés sur la scène du supposé crime. Ne rien laisser au hasard, tout noter. Son regard scanne le moindre détail.

– Elle fait quoi, ta fille, maintenant ?

L'agent spécialisé de police technique et scientifique repose sa question car Bertrand semble ne pas l'avoir entendue, sans doute à cause de son masque.

– Elle est en prépa au lycée Thiers. Hypokhâgne.

Pas plus. En d'autres circonstances, Bertrand se serait montré plus volubile car les études littéraires de sa fille font sa fierté, mais parler de ses réussites scolaires devant le cadavre de cette pauvre petite lui semble complètement indécent.

– On déjeune ensemble ce midi ?

Devant l'absence de réponse du lieutenant, le jeune technicien se retourne vers son alter ego de la Scientifique et hoche la tête à la recherche d'un assentiment. Il commence à remballer son matériel et dit d'un ton monocorde :

– Bon, ben, nous c'est au labo que ça va se passer maintenant.

C'est juste le moment où la commissaire pousse la porte après s'être fait violence pour remonter les quatre étages en surmontant son écœurement. Elle a enfilé de nouveau la combinaison qui lui donne l'air d'un cosmonaute. Elle tient à revenir sur la scène du crime pressenti car elle sait que c'est souvent dans les dernières minutes avant la levée de corps que le détail passé inaperçu saute aux yeux.

Elle se force à respirer un grand coup et pense qu'il y a dans l'air une autre exhalaison inconnue mêlée à l'horrible odeur pestilentielle du cadavre en décomposition.

Elle s'approche du corps, en retenant son souffle cette fois-ci, et regarde le visage tuméfié qui a doublé de volume et pris déjà la couleur bleue d'outre-tombe. La putréfaction s'épanouit comme une fleur vénéneuse.

Le bouquet de roses a commencé à se faner, pense-t-elle, et c'est tant mieux car il est grotesque, morbide et fait tache dans le décor sinistre. La commissaire demande à Bertrand s'il a relevé l'adresse du fleuriste, elle dit ça juste pour la forme car elle sait que son adjoint connaît son métier.

Elle fait un dernier tour au cas où…

Avant de partir, elle caresse le bois de la tête de lit comme on le fait pour le cercueil lors d'une cérémonie funéraire.

Elle se tourne vers Bertrand et lui dit :

– Si ce n'est pas malheureux, elle devait avoir l'âge de ta fille.

Elle devait… Félicie Hoareau sait conjuguer la mort au temps qu'il faut.

La fleur au fusil

Aix-en-Provence, jeudi 11 octobre 2018

Le temps qu'il faut pour se rendre à Aix-en-Provence, ce n'est pas croyable ! Dans le bus qui relie Marseille à la cité étudiante, Julie, coincée dans les embouteillages, ronge son frein en repensant à l'étrange coup de fil de son amie. Elle entend encore la voix suppliante d'Élodie l'implorant de venir au plus vite, sans lui donner le moindre détail, prétextant ne pas vouloir parler au téléphone.

La fille du lieutenant Schiappani sait bien que son amie n'est pas du genre à la solliciter pour un oui, pour un non : depuis qu'elles se connaissent, c'est la première fois qu'Élodie lui lance un S.O.S., car c'est un appel au secours, elle en est persuadée maintenant.

Julie aurait voulu différer un peu le rendez-vous, attendre le prochain week-end car elle croule sous les devoirs à rendre pour cette première année de prépa littéraire beaucoup plus difficile que ce qu'elle se l'était imaginée. Le caractère urgent de la rencontre laisse présager une mauvaise passe pour sa camarade, et faire un aller-retour en bus ce jeudi après-midi n'est finalement pas le bout du monde. Elle lui doit bien cela après tout, c'est sa « vieille » amie, comme elle aime le lui répéter.

Élodie Barles est son aînée de cinq ans, et elles se sont connues au Lycée Thiers, une rencontre improbable entre une élève de quatrième et une élève de terminale. Julie se souvient encore du jour où Élodie était venue lui prêter main-forte, avec force coups de pied à l'appui, une altercation entre filles pour un garçon sans beaucoup d'importance à y repenser. La petite collégienne s'était alors glissée sous l'aile protectrice de celle qu'elle considère maintenant comme une grande sœur.

Sur le bas du cours Mirabeau, le bar de la Rotonde étale sa terrasse avec vue sur l'imposante fontaine du même nom où viennent s'abreuver lions, cygnes et dauphins. Élodie se désaltère aussi, attablée devant un bock de bière, les yeux rivés sur son portable, peut-être pour se donner une contenance.

– Ouf ! J'ai cru que je n'arriverais jamais, venir en bus c'est l'aventure, ça bouchonnait sur l'autoroute, pourtant ce n'est pas encore l'heure de pointe…

– Ça bouchonne tout le temps ! C'est sympa d'être venue, j'ai vraiment besoin de pouvoir te dire ce qui m'arrive, je n'ai que toi à qui je peux faire confiance.

Julie examine son amie et lui trouve une petite mine, se demandant ce qui a pu faire disparaître son air insouciant et son regard pétillant ; où sont passées ces jolies fossettes que les rires faisaient éclore sans crainte ? Elle est prise d'un sentiment d'inquiétude, mais ne le montre pas, laissant venir à elle les confidences de son amie.

– Écoute, je vais essayer d'aller à l'essentiel, mais ce n'est pas facile à raconter et j'ai un peu honte de ce qui m'arrive.

Élodie jette un coup d'œil aux clients proches d'elles, elle baisse la voix et continue :

– Tu sais, je t'ai déjà parlé du Maître de conférences avec lequel j'envisageais de mener à bien mon projet de thèse, il est spécialisé dans la poésie du XIXe siècle et plus particulièrement sur Charles Baudelaire, c'est un grand ponte, il nous donne des cours de stylistique et poétique en deuxième année de Master ; je me suis fait remarquer pour qu'il accepte d'être mon conducteur de recherche : l'année prochaine j'envisage de faire un doctorat en prenant comme sujet *Les Fleurs du mal* et je dois affiner mon projet, c'est pour cela que j'ai eu besoin de me rapprocher de mon professeur.

Ah ça ! Pour s'en rapprocher, elle s'en est rapprochée ! Julie n'en revient pas, elle connaît le côté aguicheur de son amie, mais elle n'aurait jamais pensé qu'elle puisse accepter d'aller chez Jean Devivier pour une séance de travail. Celui-ci a profité de l'absence de sa femme, une écrivaine célèbre, pour attirer la jeune étudiante dans ses griffes.

Élodie poursuit son récit d'une voix tremblante. Elle s'était bien rendu compte que son prof était sensible à son charme, mais elle pensait qu'elle allait pouvoir minauder et jouer au chat et à la souris pour obtenir son aide. Elle avait confiance en elle et était sûre qu'elle pouvait lui faire du rentre-dedans sans devoir aller trop loin.

Seulement voilà, dès qu'elle avait poussé la porte de son appartement, elle avait compris que le Maître de conférences n'était pas dans son état normal, sans doute était-il sous l'emprise de drogue ou d'alcool ; il était fébrile, et surtout très confus.

— Tu sais, j'ai vite vu qu'il était bizarre, mais j'ai fait comme si de rien n'était et j'ai donné le change. Il m'a proposé un whisky et j'ai accepté même si j'ai horreur de ça, un fond de verre suffit pour me faire tourner la tête, et là, je ne te dis pas la dose qu'il m'a servie !

Par la suite, il m'a proposé de fumer un joint, prétextant que cela allait m'aider, vaincre ma timidité et décupler ma perspicacité pour aborder le sujet qui nous réunissait : ma future thèse. J'ai refusé car je voulais garder la tête froide et je sentais déjà l'effet de l'alcool ; il n'a pas insisté, mais il a embrayé aussitôt sur l'importance des paradis artificiels dans l'œuvre de Baudelaire, les drogues, a-t-il dit, ont révélé, avivé, les images qui existaient en lui... Sans elles, l'œuvre était amputée de sa qualité onirique. Comment comprendre le poète, sans entrer dans son univers ?

À ce stade du récit, Julie ne peut s'empêcher d'interrompre son amie :

— C'est le coup classique, il voulait te droguer pour te sauter, non ? Quel gros porc, il profitait de son pouvoir, et tu ne dois pas être la seule à qui cela est arrivé !

Élodie ne répond pas directement aux questions posées :

— Je pense que ce n'était pas aussi simple que ça, il semblait rejouer des scènes qui ne lui appartenaient pas. D'abord il m'a parlé de Baudelaire et des sentiments contradictoires qui animaient ce génie : pour lui, la femme était objet d'adoration et de mépris, et l'idéal de pureté se heurtait sans cesse à l'opacité des désirs. Le poète avait un dégoût instinctif pour l'incarnation et il ne pouvait posséder que des prostituées, des mulâtresses, comme Jeanne Duval qu'il n'avait d'ailleurs jamais abandonnée. Devivier a pris un ton agressif pour me parler du rapport œdipien entretenu par Charles avec sa mère, impossible de baiser avec toutes celles qui lui rappelaient Mme Aupick, a-t-il dit, se parlant à lui-même. Par la suite, mon prof est entré dans un raisonnement où je ne savais plus très bien, s'il était question de lui ou de Baudelaire… Ce n'est que lorsqu'il a parlé de sa femme que j'ai compris qu'il était dans la plus grande des confusions.

— Un frappadingue quoi ! Comment un éminent professeur peut-il être aussi désaxé ?

— Il voue une admiration sans limites à sa femme, qui a réussi dans le monde littéraire ; elle est plus âgée que lui et a déjà publié une dizaine de romans, le dernier fait partie de la sélection pour le Goncourt. Le succès de sa femme le ramène à sa médiocrité, dit-il, lui qui n'a jamais pu aller jusqu'au bout de ses projets d'écriture. C'est terrible d'être faible lorsqu'on voudrait être un grand homme, terrible d'être éternellement insatisfait de soi. La peur de décevoir sa femme, à qui il doit tout, provoque chez lui une inhibition sexuelle, une impuissance ; il m'a fait clairement comprendre qu'il ne touche plus son épouse.

Malgré la teneur dramatique du récit, Élodie marque une pause et affiche un pâle sourire :

— Bref, t'as compris, il ne bande plus avec elle ! Alors là, je me suis dit que j'étais mal barrée et que j'étais pour lui un objet de transition servant à tester ses attributs de mâle dominant ! J'ai tenté de le ramener à mon sujet de thèse, mais il est parti dans une longue tirade, me reprochant de ne rien connaître aux tourments du poète : je ne devais pas me contenter d'être spectatrice, mais vivre de l'intérieur les affres de la douleur, comprendre la souffrance, connaître l'extase, éprouver des remords, maudire, supplier… Il était presque hors de lui quand il a cité les vers de Baudelaire : « Hypocrite lecteur – mon semblable – mon frère ! », « Insensé qui crois que je ne suis pas toi ! »… Et si je ne prenais pas conscience de cela, m'a-t-il dit, autant abandonner mon projet et rentrer chez moi tout de suite !

– Bon, ben là, t'avais qu'une chose à faire, prendre tes cliques et tes claques avant d'en prendre une sur ta belle gueule.

– Comment t'expliquer, à ce moment-là, j'étais sidérée, comme paralysée, me demandant si je rêvais ; j'essayais de mobiliser le peu de forces qui me restaient pour imaginer une issue à cette grotesque situation ; tu sais jusque-là il n'avait eu aucun geste déplacé et je pensais faire mon affaire de sa logorrhée verbale, mettant cela sur le compte de l'alcool et du cannabis. Cela s'est compliqué lorsque je lui ai fait savoir que je voulais approfondir le lien de Baudelaire avec le parfum, tentant de le ramener à l'objet de notre rencontre. Alors là, c'est reparti de plus belle et il m'a répliqué que je touchais à l'essentiel, c'est-à-dire à l'origine du sadisme de Baudelaire, à son désir intense de posséder le corps des femmes par les sens, dont l'odorat, plutôt que par le sexe.

La voix d'Élodie se brise et elle peine à continuer :

– Il est venu s'asseoir contre moi sur le canapé, d'une main il a renversé ma tête et a enfoui son nez dans ma chevelure qu'il caressait tout en récitant les vers du poète : « Longtemps ! Toujours ! Ma main dans ta crinière lourde /
Sèmera le rubis, la perle et le saphir / Afin qu'à mon désir tu ne sois jamais sourde ! / N'es-tu pas l'oasis où je rêve et la gourde / Où je hume à longs traits le vin du souvenir ? »

Julie écoute son amie dont la voix douce s'éraille par l'émotion. Elle a déjà maintes fois entendu ce poème, l'un de ses préférés ; elle songe que maintenant les mots d'amour seront toujours chargés de haine et d'images avilissantes. Comment peut-on vivre pareille situation ? Dans sa tête une pensée absurde vient se nicher, les bourreaux n'exercent-ils pas une sorte de fascination sur leur victime ? Pourquoi Élodie ne s'est-elle pas enfuie ?

Elle n'ose porter à voix haute un jugement de peur de trahir la confiance de sa camarade, mais elle songe que, malgré les cinq ans qui les séparent, elle aurait fait preuve d'une plus grande maturité et ne se serait pas laissé entraîner dans une soirée glauque comme celle-ci ; faut-il que son amie soit naïve, ou alors est-elle très arriviste au point d'être aveuglée par son ambition ?

Elle réalise qu'elle ne connaît pas vraiment son amie. Et si ?

Elle l'encourage à poursuivre son histoire.

– La caresse est devenue plus puissante, puis violente, jusqu'à m'arracher des cheveux ; il m'a demandé de me déshabiller et de me mettre à genoux devant lui. Pour retarder le passage à l'acte, j'ai réclamé du whisky prétextant que cela m'aiderait à me laisser aller, à me désinhiber. Il s'est levé en titubant et est revenu avec deux verres dont l'un, le sien, plus rempli que l'autre. Dès lors, il fallait que je gagne du temps, je lui ai dit que j'avais le sentiment d'être coupable et que ce que nous allions faire était mal. Il m'a injuriée et m'a ordonné de la boucler, mais j'ai continué à parler d'une voix monocorde en le flattant, en récitant les plus beaux vers des poèmes d'amour de Baudelaire. Il buvait, la braguette ouverte, son sexe ridicule dans sa main. Je me suis déshabillée lentement, prenant des poses langoureuses, pendant qu'il se caressait et me regardait avec ses yeux vitreux. Quand il a fini son verre, j'ai porté le mien à sa bouche et lui ai fait boire le reste de mon whisky, comme on donne un biberon à un bébé. Puis je l'ai embrassé et il m'a repoussée brutalement. J'étais à terre, à ses pieds, écœurée comme tu ne peux même pas imaginer. Instinctivement, j'ai compris que je ne devais pas lui montrer mon aversion, il me répugnait, mais je me contrôlais ; je lui parlais avec douceur, ne pleurais pas et avais pour lui des gestes que l'on peut avoir pour un nourrisson : j'attendais que de son esprit brouillé émerge l'image inconsciemment désirée de son enfance, celle intouchable de la mère chérie…

— Tu as pris de gros risques, il aurait pu te faire du mal.

— Le mal qu'il m'a fait, je ne peux même pas le dire.

Un silence s'invite un grand moment entre elles. Puis Élodie achève son récit :

— J'ai attendu jusqu'à ce que, ivre mort, il sombre dans le sommeil. J'ai vomi dans les toilettes, et sans bruit je me suis enfuie dans la nuit avec des haut-le-cœur, en emportant avec moi ses injures poisseuses et son odeur fétide.

Lorsqu'elle s'arrête de parler, Élodie se met à pleurer et Julie est abasourdie par ce qu'elle vient d'entendre. Elle lui demande quand a eu lieu cette sordide soirée et si elle a revu son prof après cela. Elle n'est pas surprise d'apprendre que son amie se terre depuis trois jours et n'est pas retournée en cours par crainte de le rencontrer : elle a peur de sa propre réaction et surtout peur de lui.

Trouver les mots pour la rassurer, lui dire qu'elle n'est sans doute pas la seule et que depuis quelque temps les victimes d'agression sexuelle se sont regroupées, lui parler de « #BalanceTonPorc » et de « #MeToo »… Julie tourne tout cela dans sa tête, mais son amie devance sa prise de parole : non, elle ne portera pas plainte car ce mec est un malade et elle a peur des représailles.

La fille du lieutenant de police sait combien ces démarches sont difficiles, mais elle est certaine que sa « grande sœur » ne peut pas vivre dans cette terreur et qu'elle doit absolument pouvoir parler de ce qui lui est arrivé pour surmonter ce traumatisme. Elle tente un dernier argument :

— Si tu ne dis rien, il y aura d'autres victimes, et si c'est un malade il doit se soigner !

— C'est facile pour toi, et tant que cela n'est pas arrivé, on ne peut pas imaginer dans quel état de dégoût de soi-même on se trouve ; je m'en fous des autres et je n'ai pas envie de partir la fleur au fusil pour éviter des drames ou défendre la cause d'anciennes victimes : je veux juste oublier ce qui s'est passé.

— Tu ne pourras pas oublier tant que tu resteras pleine de ce que tu n'auras pas dit. Il faudra sans doute que tu mettes de la distance, que tu partes dans une autre fac, tu vas y arriver Élodie, et mon père peut t'aider, tu l'as dit toi-même tout à l'heure, cela fait plus de cinq ans qu'on se connaît et pour mes parents, tu fais partie de la famille. Écoute, dans une semaine, les vacances de la Toussaint démarrent et tu viendras à la maison. En attendant, je ne dirai rien chez moi car je te laisse décider de la suite à donner, mais je t'en prie, va voir un médecin pour tout lui raconter ; il te donnera sûrement des médicaments pour calmer tes crises d'angoisse, et si tu sèches les cours, essaie de ne pas rester chez toi, profites-en pour voir des expos ou aller au ciné, même si tu n'as pas le cœur à ça. Encore huit jours à tenir et tu viens me voir, avec ou sans fleur au fusil, c'est toi qui choisiras.

— Ne me demande pas de faire ce qui est au-dessus de mes forces. Je suis relancée par un garçon Lucas que j'ai croisé en soirée, il m'envoie des SMS et veut me revoir, mais je ne veux voir personne, la seule idée de faire l'amour me donne envie de gerber !

Après quelques secondes d'hésitation elle ajoute :

— Pourtant tu vois, il est mignon, doux comme un agneau et j'ai failli lui dire de monter chez moi le soir où il m'a raccompagnée, mais ça, c'était avant cette soirée de cauchemars.

Julie aimerait dire à Élodie de ne pas rester seule, et de recontacter ce Lucas qui ne pourra pas lui faire de mal, mais elle sait au fond d'elle-même que ce serait peine perdue.

Avant de quitter son amie, elle la regarde tendrement et lui dit :

— Tu n'es pas sale, il n'y a pas plus propre que toi, le dégueulasse, c'est ton agresseur. Il faut simplement que tu trouves les mots qui te laveront, et lui, ce salaud on va le lessiver. Je te promets. Tu trouveras les mots justes pour dire ce qui t'est arrivé.

Dans l'air du temps

Marseille, jeudi 11 octobre 2018

Trouver les mots justes pour formuler l'indicible, le docteur Laubier, chef de service de l'Institut médicolégal de la Timone n'est toujours pas rompu à cet exercice malgré toutes les années de travail. Le temps ne fait rien à l'affaire.

Pour les parents de Marion, le temps aussi ne veut plus rien dire depuis l'instant où le lieutenant de police a sonné à leur porte, ils sont pris en tenaille par ses mâchoires d'acier.

Impossible d'oublier la folle terreur qui les a saisis à l'annonce du décès de leur enfant, les cris inhumains sortis de leur ventre. Ils sont restés un long moment sans pouvoir prononcer une phrase, et puis, comme une litanie, ils se sont mis à répéter à tour de rôle : « Non, ce n'est pas elle, ça ne peut pas être elle ! Qu'on nous rende notre petite, c'est un cauchemar, il faut que cela s'arrête, on ne mérite pas ça. »

C'est vrai qu'ils ne méritaient pas cela, ils avaient bossé dur pour élever leurs trois enfants et venaient de réaliser le rêve de toute une vie : une maison mitoyenne avec un bout de jardin dans un village proche d'Aix-en-Provence. Marion, leur petite dernière avait obtenu son admission en BTS Vente au lycée Marseilleveyre et avait décroché un contrat en alternance, quinze jours par mois elle travaillait dans une grande enseigne de l'esthétisme et de la parfumerie au Centre Bourse. Elle pouvait financer l'intégralité de ses études car elle avait épargné suffisamment en travaillant comme saisonnière dans la cueillette des fleurs. Elle avait pu même, avec l'apport de la CAF, prendre en charge le loyer d'un petit appartement et l'argent procuré par ses jobs lui avait permis de payer la caution demandée par l'agence immobilière. Au printemps dernier elle avait été embauchée comme cueilleuse sur les hauts plateaux de Grasse dans une ferme horticole et les propriétaires avaient assuré qu'ils feraient de nouveau appel à elle pour la cueillette du jasmin. Elle était très fière d'avoir su acquérir son autonomie et la semaine dernière, au téléphone, elle avait annoncé à sa mère qu'elle pensait les inviter aux vacances de la Toussaint pour pendre la crémaillère.

Ce matin encore les parents de Marion étaient heureux, ils croyaient bêtement qu'ils allaient pouvoir se prendre du bon temps maintenant que les enfants se débrouillaient sans leur aide. Ils s'étaient enfin décidés à consulter un catalogue de voyages : ils rêvaient de faire une croisière, l'été prochain, pour célébrer leurs trente ans de mariage. Ils feuilletaient pour la énième fois le magazine lorsqu'ils ont été interrompus par le lieutenant de police, planté sur le perron, les bras ballants, ne trouvant pas la force de parler.

Depuis, deux bêtes traquées, voilà ce qu'ils étaient devenus.

Ils sont arrivés en fin d'après-midi à l'hôpital de la Timone, un voisin les a accompagnés car aucun des deux n'avait la capacité de conduire. Ils ne comprennent que la moitié des paroles de compassion prononcées par le médecin légiste. De toute manière, il n'y a rien à comprendre et les phrases ricochent d'un mur blanc à l'autre sans les atteindre.

Cela fait plus d'une demi-heure maintenant qu'ils sont dans cette salle, et même l'odeur de putréfaction ne les gêne pas, désormais leur corps est doublé d'une carapace.

Le docteur, avec beaucoup de douceur dans la voix, leur redemande une ultime fois s'ils reconnaissent le corps de leur fille.

Non, ils ne le reconnaissent pas, si ce n'est la longue chevelure blonde. Oui, ils le reconnaissent puisqu'ils sont là pour cela et qu'ils voudraient en finir, vite.

Au bout d'un long moment, la mère de Marion sort de sa torpeur et dit d'une voix entrecoupée par les sanglots :

– Quand ? Quand va-t-on savoir pourquoi notre fille est morte ?

— Nos équipes vont faire tout leur possible pour que vous puissiez savoir quelles sont les causes de son décès, ce n'est l'affaire que de quelques jours et nous nous efforcerons de raccourcir les délais pour que votre fille repose en paix.

Le médecin-chef aimerait tant pouvoir compter sur les pouvoirs publics, que les moyens soient donnés pour que chacun puisse exercer son travail dans les meilleures conditions, mais il est en droit de se demander si cette volonté existe, oui ou non. Cela ne semble pas être dans l'air du temps…

Le docteur perd un peu la foi, lui qui jusqu'à ces derniers mois avait fait de son métier un sacerdoce. Il faut dire que l'administration lui a encore fait sauter deux postes cette année : deux collègues sont partis à la retraite et n'ont pas été remplacés, et il y a peu de chance qu'ils le soient un jour car ce matin encore il a entendu à la radio que le gouvernement envisageait de supprimer 120 000 postes de fonctionnaires.

À ce rythme-là, son service ne sera bientôt qu'une peau de chagrin, et les peaux et le chagrin ne manquent pas ici !

Il ne compte plus les coups de scalpel donnés par l'administration, lui demandant toujours plus d'investissement humain pour faire tourner la boutique ; il mesure la chance qu'il a d'avoir une équipe dévouée comme la sienne.

Seulement voilà, les urgentistes aussi se battent pour réclamer des moyens afin de maintenir en vie leurs patients et malgré cela, ils voient leurs crédits diminués… Alors, un jour de plus, un jour de moins, les morts ont tout leur temps maintenant... Pourquoi l'État viendrait-il s'intéresser à une spécialité comme la sienne ?

L'hôpital est malade, et à force de déshabiller Pierre pour habiller Paul, plus personne n'a envie de retrousser ses manches. Encore heureux que dans son service, il n'y ait pas de bras cassés, mais quand même ! Aujourd'hui ils ne sont plus que trois, alors ils ne peuvent pas se mettre en quatre pour répondre aux besoins des enquêtes de police et du ministère de la Justice.

Jacques Laubier chasse ses idées noires et regarde avec empathie les parents de Marion ; ils se tiennent serrés l'un contre l'autre s'empêchant de tomber mutuellement, pour eux maintenant le temps se compte en jours d'attente et le docteur sait bien qu'il doit tout mettre en œuvre pour leur donner des réponses et leur permettre d'organiser la cérémonie funéraire même si cela ne suffira pas pour surmonter leur douleur.

Pour Félicie Hoareau le compte à rebours a démarré : l'enquête est ouverte et elle en a la charge. Elle n'attendra pas le rapport d'expertise pour commencer les investigations : dès demain tout le monde au boulot !

La commissaire espère cependant réussir à raccourcir les délais en intervenant auprès de Laubier qu'elle connaît bien ; depuis qu'il sait qu'elle est Réunionnaise, il use et abuse du créole pour la faire sourire, et parle volontiers avec elle des années passées outre-mer pour son service militaire.

Si les réponses tardent à venir, Félicie n'hésitera pas à se pointer à la Timone, elle plantera ses yeux de braise dans ceux du médecin au risque de l'enflammer. Elle entend déjà le docteur lui dire : « *Tilamp, tilamp !* » Doucement, doucement !

Il est 22 h, elle frissonne seule dans son bureau en pensant au corps de la jeune fille dans la salle d'autopsie. Stupidement, elle pense que la petite doit avoir froid.

Il faut battre le fer pendant qu'il est chaud, c'est dans les premiers jours qu'il faut trouver le plus grand nombre d'indices. Sur son bureau une nuée de Post-its multicolores lui rappelle qu'elle devra la jouer fine, il faudra mettre un peu sous le coude les petites affaires en cours.

Félicie jette un dernier coup d'œil au paperboard accroché au mur : elle a son plan d'attaque.

Une dernière Dodo avant de rentrer se coucher. Son mari aura mis au lit les petits et fini les restes de leur repas du soir, il a souvent la flemme de se faire à manger, et elle prévoit toujours un peu plus pour Jules et Charlotte. Elle l'imagine devant la télé et est presque sûre qu'il est aussi en train de se siffler une

Dodo ; ils se réapprovisionnent par caisses en direct de leur île, ça leur coûte un bras, mais la nostalgie n'a pas de prix. Félicie pense avec mélancolie aux diners en amoureux pris après son service, c'est vrai que la bière partagée a une tout autre saveur.

Elle boit à petites goulées, mais cela n'est pas suffisant pour desserrer le nœud qui l'étreint depuis le matin.

Avant de quitter son bureau, la commissaire ne peut s'empêcher de lire une fois encore les mots tracés sur la carte qui était agrafée au bouquet de roses :

« Souviens-toi que le Temps est un joueur avide
Qui gagne sans tricher, à tout coup ! C'est la loi. »

Et plus bas, deux initiales en guise de signature : « C. L. »

Elle sait maintenant que c'est une citation extraite d'un poème de Baudelaire, « L'horloge ». Elle a interrogé un moteur de recherche, et a lu sur l'écran de son ordinateur le poème dans son intégralité, elle en a imprimé chaque phrase dans son cerveau.

Chaque strophe annonce un funeste présage et le dernier vers conduit au dénouement fatal : « Meurs, vieux lâche ! »

L'incantation de la poésie opère dans son esprit et lui procure l'étrange impression que le moindre mot employé fait écho à la scène horrible vécue ce matin. « Il est trop tard » sonne comme un avertissement à titre posthume.

Certes, en d'autres circonstances, Félicie aurait pu voir dans ce poème tiré du recueil des *Fleurs du mal* un contenu moins dramatique, incitant à vivre l'instant présent en cueillant les roses de la vie, à la manière de Ronsard... Mais le cœur n'y est pas, et madame la commissaire ne peut que se résoudre à penser qu'il faut avoir l'esprit tordu pour envoyer un pareil mot. Elle ne croit pas un seul instant qu'une telle missive puisse servir à mettre sa destinataire dans les meilleures dispositions pour une partie de jambes en l'air.

Elle se demande quel genre de bonhomme peut envoyer cela à une jeune fille de vingt ans. Dès demain, elle rendra visite aux propriétaires du magasin de fleurs pour tenter de savoir qui a commandé ce bouquet.

À force de regarder la carte qu'elle tient dans ses mains, elle finit par s'imaginer que ces vers lui sont adressés… « Souviens-toi que le temps est un joueur avide », la phrase vient cogner dans sa tête : oui, elle saura se souvenir et elle tordra le cou au temps, ce vampire, et c'est elle qui gagnera, comme elle le fait à chaque fois.

Elle relit une dernière fois le poème, et prononce à haute voix : « Trois mille six cents fois par heure la Seconde chuchote : souviens-toi ! »

Plus une minute à perdre.

Du pain sur la planche

Marseille, vendredi 12 octobre 2018

– Plus une minute à perdre ! Vous m'entendez ?

La chef n'a pas l'air dans son assiette ce matin, et les membres de son équipe ne mouftent pas ; elle continue :

– Les témoignages, c'est dans les premières heures qu'il faut aller les chercher pour pouvoir les recouper, et pour ça, il faut se remuer le popotin !

Quand Félicie est de mauvaise humeur, elle n'y va pas avec le dos de la cuillère, et Bertrand qui la connaît bien se demande à quelle sauce ils vont tous être mangés ce matin.

Il faut dire qu'hier soir en arrivant à la maison, la commissaire a eu droit en guise de dîner à une soupe à la grimace : Adrien, son bonhomme, n'a pas mâché ses mots et lui a déversé son courroux tentant une nouvelle fois de la culpabiliser ; il ne supporte plus qu'elle privilégie sa vie professionnelle au détriment de sa vie familiale, et il ne comprend pas pourquoi elle arrive chaque soir de plus en plus tard.

Elle non plus d'ailleurs ne sait pas pourquoi. Il est des soirs où elle reste là, scotchée sur le fauteuil en cuir de son bureau, à déplacer les piles de dossiers, les réorganisant selon un ordre improbable, puis les entassant de nouveau jusqu'à perte d'équilibre. Elle retarde le moment de fermer la porte. Ah ! Si elle ne devait pas rentrer pour embrasser ses enfants avant qu'ils ne s'endorment…

Ce matin un nouveau dossier vient prendre place et celui-là devrait enthousiasmer son équipe : ce n'est pas tous les jours qu'un meurtre à élucider se présente sur un plateau ; car il s'agit bien d'un assassinat, elle en a la quasi-certitude, ou tout au moins la grande intuition.

Avant que sa chef parle créole, ainsi qu'elle le fait parfois sous le coup de la colère, le lieutenant Schiappani prend la relève :

— Dès que nous aurons les résultats de l'Institut médico-légal, nous formerons trois binômes : l'un pour aller chercher des témoignages au lycée Marseilleveyre parmi les camarades de classe de Marion, l'autre pour rencontrer ses collègues de travail au Centre Commercial, et le dernier pour interroger les voisins de son immeuble afin de connaître les habitudes de la petite.

Bertrand regarde avec un demi-sourire son embryon d'équipe et ajoute :

— Hubert et Julien, vous serez donc à vous deux les trois binômes !

C'est bien connu, la police et les chiffres ne font pas toujours bon ménage.

— Cela s'appelle la preuve par trois !

En disant cela, Félicie décroche enfin un premier sourire qu'elle adresse à son fidèle lieutenant.

Bertrand attend que les deux sous-officiers referment la porte du bureau derrière eux pour demander à Félicie ce qui la tracasse, mais c'est peine perdue car madame la commissaire n'est pas du genre à confier ses états d'âme. Elle se contente de lui dire :

— *Moinl'est maf.*

Elle n'a pas la forme, traduit mentalement son adjoint… Il s'en était bien rendu compte !

— Écoute, on a du pain sur la planche et si tu veux à 13 h on peut casser la croûte ensemble dans un des restaurants du Cours Ju, c'est à côté de la rue Saint Savournin, là où se trouve le magasin de fleurs : le livreur est sans doute une des dernières personnes à avoir vu Marion.

Le cours Julien ou cours Ju comme les Marseillais l'appellent, est un endroit atypique où l'odeur des cuisines du monde échappée des marmites raconte à elle seule le goût pour les mélanges de culture entretenu par ce quartier branché de la ville.

À vrai dire, ici c'est d'abord le QG des artistes et des bobos, et les flics ne sont pas toujours vus d'un bon œil. Mais il faut reconnaître que Félicie est un peu chez elle, elle nage comme un poisson dans l'eau et cette ambiance cosmopolite s'accorde bien à son métissage, qu'elle porte aussi fièrement que son uniforme. « Les goûts et les couleurs, ça ne se dispute pas comme le répètent mes enfants », dit-elle en souriant pendant qu'elle engloutit des quantités invraisemblables de tapas sous le regard amusé de Bertrand ; il sait déjà ce qu'elle ne manquera pas de confier au serveur quand il lui apportera son petit noir serré :

— Finalement, j'aurais dû prendre le plat du jour, c'eût été plus raisonnable.

Personne n'osera demander si elle fait allusion à la note salée ou à l'addition des calories ingurgitées.

Un quart d'heure plus tard, quand elle sort de table, aujourd'hui comme à chaque fois, elle ajoute avant de quitter la terrasse du restaurant :

— Bah ! Quand on aime, on ne compte pas !

En remontant vers la place Jean Jaurès, dite La Plaine à cause de sa forme plate et de sa situation en hauteur, les deux acolytes passent devant les anciens entrepôts de maraîchers transformés en boutique où les créateurs de mode côtoient les brocanteurs et libraires.

Félicie s'attarde un peu devant l'étal de livres anciens, après tout le magasin de fleurs n'ouvre qu'à 15 h, mais son collègue presse le pas : visiblement il ne se sent pas aussi à l'aise qu'elle dans ce quartier de marginaux…

Les nombreux tags et graffitis colorés habillent les murs et viennent faire oublier, en s'affichant sur les rideaux métalliques des boutiques fermées, qu'ici comme ailleurs le petit commerce résiste mal à la crise générée par les nouvelles manières de consommer.

En empruntant la rue des Trois Rois et celle des Trois Mages, Bertrand ne peut s'empêcher de faire un rappel historique à sa collègue en évoquant le passage d'Henri IV, Charles IX et autres invités de marque qui ont reçu dans ce quartier les honneurs de la Ville, du temps où La Plaine était le cœur de la cité phocéenne. Il sourit en disant à Félicie « les rois sont partis et Vassal reste avec son « *Ambition Centre-Ville.* »

La présidente de la Communauté urbaine et le maire de Marseille leur donnent pas mal de soucis ces temps-ci, à commencer par les multiples manifestations contre le projet de rénovation de la place Jean Jaurès pour lequel de nombreux Marseillais soutiennent les riverains inquiets pour leur devenir. L'exemple de la requalification de la rue de la République n'est pas fait pour les rassurer : les loyers augmentent et les locataires issus des catégories sociales les plus modestes sont chassés dans les quartiers périphériques. La ville perd à chaque fois un peu de son âme, et des blocs entiers d'immeubles du centre ancien sont laissés ainsi à l'abandon, les pauvres sont condamnés à vivre dans des logements insalubres ou à quitter le centre-ville où ils vivent parfois depuis plus de cinquante ans.

Arrivés à hauteur de La Plaine, ils regardent sans parler « *Le mur de la honte* » nommé ainsi par les opposants, une gigantesque palissade barricadant la place ; les graffeurs ont bien essayé d'apposer leur signature, mais la sinistrose ambiante se moque des couleurs, et recouvre de grisaille les plus beaux effets picturaux.

Il reste quelques centaines de mètres à parcourir au milieu du brouhaha des klaxons agressifs des automobilistes coincés dans les embouteillages provoqués par ces travaux pharaoniques.

Lorsqu'Yvette Détailleur voit entrer les deux policiers dans sa boutique, elle n'a pas l'air surprise. Après les présentations d'usage faites par le lieutenant, elle demande d'une voix étranglée :

– Vous venez pour Vincent Rodriguez ? Qu'est-ce qu'il a encore fait ?

Pour une entrée en matière, il y a de la matière ! La commissaire fait un signe bref à son collègue, histoire de lui dire de se taire, et la fleuriste continue :

— Je me fais un sang d'encre depuis une semaine, il n'est pas venu au boulot depuis le 3 octobre et n'a pas donné signe de vie, ça ne lui ressemble pas.

Elle s'arrête un instant, attendant les questions de la police qui reste muette. Pas la peine d'appuyer sur le bouton pour qu'elle redémarre : elle passe en accéléré le film de la vie de son employé.

— Ce minot a toujours donné du fil à retordre à sa mère qui s'est pourtant décarcassée pour l'élever. Si c'est pas malheureux, à trente ans il a toujours un pois chiche à la place de la cervelle… Tout ça pour courir la gueuse, et avec internet, tu parles comme c'est facile. Pourtant, il a juré de se tenir à carreau après sa condamnation… Six mois de sursis, c'est pas rien !

Au bout de ces quelques minutes de monologue, Félicie coupe l'herbe sous les pieds de la fleuriste, les tribulations du livreur seront faciles à vérifier, il suffira de consulter les extraits du jugement du tribunal :

— Avez-vous d'autres employés et si non, est-ce bien votre Vincent qui a livré la corbeille de roses, sans doute dans la soirée du 2 octobre, au 5 rue Breteuil chez Marion Varten ?

— Ah ! Non, je n'ai personne d'autre pour m'aider, sauf un extra quand c'est la période des communions ou si j'ai un grand mariage, parce que vous savez maintenant les petits commerçants croulent sous les charges patronales et…

— Bon ! venons-en au fait, c'est donc lui qui a livré le bouquet. Quelle heure ?

— Il a quitté la boutique vers 18 h, mais en ce moment avec les travaux de La Plaine, c'est la panique et je ne sais pas le temps qu'il a pu mettre pour arriver au 5 Rue Breteuil, ni même s'il y est allé tout de suite. Il est parti avec la Kangoo du magasin, et depuis, plus de nouvelles.

Le temps de noter la marque et numéro d'immatriculation du véhicule et Bertrand prend la relève :

— Savez-vous qui a commandé ce bouquet ?

— Oui, ce n'est pas tous les jours qu'on me téléphone pour me demander une pareille corbeille de roses, et je me souviens avoir interrogé le client pour savoir s'il y avait une circonstance particulière, un anniversaire ou autre… Il m'a répondu sèchement de noter sur la carte ce qu'il me dicterait. Pas plus, mais j'ai compris à son ton que ce n'était pas la peine que j'insiste, je commence à avoir l'habitude et même si je suis curieuse de nature, il y a des moments où il faut savoir la boucler.

Le lieutenant l'interrompt :

— Y a-t-il quelque chose qui vous a semblé bizarre ?

— Non, mis à part la phrase qu'il m'a demandé d'écrire sur la carte à joindre au bouquet, mais vous savez j'ai l'habitude, dans mon métier on en voit des vertes et des pas mûres. Sinon, sa voix était banale et je ne sais même pas si je la reconnaîtrais.

Une question de moins à poser, pense Félicie et elle embraye :

— Comment vous a-t-il payé ?

— Le matin-même, par carte bancaire. D'ailleurs c'était un peu tard pour passer commande, je lui ai fait remarquer et lui ai demandé de me régler avant la livraison. Mais pourquoi toutes ces questions et quel rapport y a-t-il avec mon employé ?

Les deux enquêteurs échangent un regard furtif, se demandant s'ils doivent la mettre au courant, car dès demain elle apprendra les raisons de leur visite dans les journaux. D'un commun accord et sans échanger une parole, ils décident de ne pas parler de cette mort suspecte qui les inquiète.

— À ce stade de l'enquête, nous ne pouvons pas vous en dire plus, mais nous allons prendre le nom de votre banque, les numéros de vos comptes et toutes les coordonnées de votre employé. Dès que vous aurez de ses nouvelles, faites-le-nous savoir. Selon l'avancée de notre enquête, s'il n'est pas revenu d'ici trois jours, nous lancerons un appel à témoin.

Derrière sa caisse enregistreuse, Yvette se tasse encore un peu plus, semblant porter toute la misère du monde. Quand Félicie Hoareau et Bertrand Schiappani quittent le magasin, ils l'entendent maugréer :

— Celui-là, il faut pas qu'il oublie que quand je l'ai repris après le procès je lui ai fait une fleur, et si c'était pas pour sa mère...

Un cœur à la traîne

Marseille, le samedi 13 octobre 2018

Si ce n'était pas pour sa mère, Vincent aurait déjà envoyé sa patronne sur les roses, il n'a aucune envie de lui donner des explications et d'ailleurs que pourrait-il lui dire ?

Depuis son plus jeune âge, les mots lui jouent des tours, aujourd'hui encore ils refusent parfois de coopérer et se plaisent à rester nichés quelque part dans sa tête.

Enfant, il était dyslexique et supportait mal les moqueries de ses camarades de classe, seule sa mère semblait le comprendre et lui lisait tendrement chaque soir *Le prince de Motordu* pour le consoler. La peur de se tromper fut l'une des causes de son repli sur lui-même, et les garçons de son âge prenaient souvent cela pour de l'arrogance.

Adolescent, après son accident, il découvrit le monde virtuel et son premier ordinateur lui permit de sortir de cette solitude : enfin il pouvait communiquer sans avoir à s'exposer, usant de pseudos en veux-tu en voilà.

Devant la porte du magasin, Vincent tente une dernière fois de remettre les mots dans le bon ordre pour justifier son absence auprès de sa patronne.

Il se revoit au 5 rue Breteuil, les bras chargés par la corbeille de roses et l'esprit encombré par ce trop-plein de désir ; il entend de nouveau le bruit de ses pas dans la descente des marches, quatre étages interminables. Puis, plus rien, sinon une brume opaque dans le cerveau.

Aucun souvenir de sa nuit d'errance.

Dès qu'il pousse la porte de la boutique, Yvette derrière le tiroir-caisse, lève la tête :

— Qu'est-ce qui t'est arrivé ? Cela fait plus d'une semaine que tu as disparu, où étais-tu passé ? Je t'ai laissé je sais pas combien de messages ! Pourquoi tu ne m'as pas répondu ? Pour finir, j'ai appelé ta mère, elle aussi se fait un sang d'encre ! J'espère pour toi que tu as de bonnes excuses !

Sa patronne l'interroge froidement en le scannant de la tête aux pieds. Vincent voudrait lui dire qu'il a eu un trou noir, une absence pendant de longues heures. Il aimerait raconter son désarroi lorsqu'il s'est réveillé au milieu d'un groupe de jeunes défoncés, sur les rochers de la jetée face au MUCEM ; il ne sait toujours pas ce qu'il foutait là, il n'a jamais mis les pieds dans ce musée dont Marseille est si fière depuis son titre en 2013 de Capitale européenne de la culture… Comment lui faire comprendre que quand il a émergé, c'est comme s'il revenait d'un pays qu'aucune carte n'aurait jamais mentionné.

Il regarde Yvette Détailleur dont les yeux gris acier transpercent les siens. Elle hurle :

— Tu vas continuer encore longtemps tes conneries ? Les flics te cherchent, tu es le dernier à avoir vu la cliente à qui tu as livré les fleurs. Parce que tu vois, elle est morte.

Qui m'aime me suive… Vincent se remémore la phrase floquée sur le tee-shirt de la jeune fille.

Il redessine son joli minois, s'attarde sur le souvenir des deux petits lacs bleus dans lesquels il s'était noyé un court instant, un regard embué par l'émotion et la surprise. Elle n'avait pas semblé étonnée de le voir. Lui non plus. Elle était exactement comme il l'avait imaginée : belle et désirable avec ses petits seins en forme de pomme. Elle portait un jean déchiré aux genoux et un tee-shirt moulant avec cette drôle d'inscription… Une invitation.

Est-il entré pour déposer la corbeille de roses sur la table ou bien lui a-t-il remis les fleurs sur le pas de la porte ? Il ne sait plus, le temps a basculé.

Il songe à la brièveté de leur rencontre. Il aurait dû savoir qu'elle allait mourir bientôt, il aurait dû la retenir… Tu vois, je t'ai suivie un peu, mais pas jusqu'au bout, lui murmure-t-il.

Maintenant qu'il repense à toutes ces heures écoulées, il a le sentiment d'avoir vécu à côté de lui-même, il en arrive à se dire que c'était une petite mort. Il aimerait attraper un bout de cette nuit pour la fixer comme il recolle parfois au matin les morceaux d'un rêve. Il sait pourtant que ce n'était pas un rêve. Il se souvient vaguement avoir marché le long des rues et regardé les blocs de béton qui se succédaient en se demandant ce que cela pouvait être. Il a sans doute suivi les passants qui traversaient la chaussée, d'un côté, puis de l'autre... Peut-être, mais pas certain.

Son temps a volé en éclats, mille morceaux difficiles à rassembler. Ses certitudes aussi se sont brisées et depuis les mêmes questions cannibalisent son cerveau :

Est-il resté sur le pas de la porte ou a-t-il pénétré dans l'appartement de la jeune fille pour déposer le bouquet ? Et après que s'est-il passé ?

Depuis sa condamnation, il se tient à carreau, car il ne veut pour rien au monde aller en prison. Il sait qu'il est sur le fil du rasoir et qu'il ne doit plus se laisser aller à des actes compulsifs.

Il y a quelques mois maintenant il avait monté un traquenard sur la toile pour attirer dans ses filets une proie facile afin d'assouvir ses besoins sexuels, cela faisait des lustres qu'il n'avait plus baisé... Trafiquer sa photo avait été un jeu d'enfant, il avait caché sa maigreur et s'était présenté sous son meilleur profil. Sa maîtrise de l'ordinateur lui avait permis de racoler une nana plutôt sexy, et il lui avait donné rendez-vous chez lui, il vivait dans un petit studio, limite insalubre, dans le quartier d'Endoume. Dans la vraie vie, il n'aurait jamais pu aborder ce genre de filles, son manque de confiance en lui depuis son accident l'en aurait empêché. Sur le net, tout n'avait été qu'une suite de stratagèmes pour arriver à ses fins, comme dans un jeu de rôles : il s'était mis en scène dans des situations rocambolesques, demandant à sa victime de le rejoindre les yeux bandés et cela avait plutôt bien marché même s'il savait qu'il prenait un risque en recevant la fille chez lui. Il l'avait mise en confiance et ne l'avait pas violentée pour qu'elle cède, même si l'acte sexuel n'avait pas été des plus tendres, trop de rage en lui.

Lorsqu'elle avait retiré son bandeau et découvert le visage balafré, elle s'était sentie grugée. De là à porter plainte, il n'avait pas imaginé que cela puisse arriver.

Pour le défendre, son avocat avait insisté sur le consentement de la partenaire qui était venue de son plein gré, il ne s'agissait pas d'un viol, selon lui.

Yvette le coupe dans ses pensées :

— Tu n'as rien à faire ici, tu dois aller voir les flics, au commissariat du 1er arrondissement, tu reviendras travailler quand ils t'auront entendu.

— Entendre quoi ? Je n'ai rien à raconter. J'ai livré les fleurs, c'est tout. Le lendemain soir, j'ai récupéré la Kangoo dans le parking Estienne d'Orves, cela faisait une nuit et un jour qu'elle était garée là, ça m'a coûté un bras, tout ça parce que dans cette ville pourrie personne ne respecte les places réservées aux livraisons.

— Et toi, qui tu respectes ? En tout cas, pas moi ! Qu'est-ce que tu as foutu pendant tout ce temps ? Je n'ai pas envie d'avoir des emmerdes, j'en ai marre de tes frasques, je ne suis pas ta mère, et tu me dois des explications, je suis ta patronne : quand on s'absente, on doit prévenir.

Comment pourrait-il lui dire qu'il n'a pas été prévenu lui non plus ? Ça lui est tombé dessus sans qu'il s'en rende compte. Il s'est absenté de lui-même, c'est tout.

— OK, OK, je vais aller voir les flics, et puis je passerai chez mon psy et fournirai un arrêt de travail pour régulariser, moi non plus je n'ai pas envie d'avoir des emmerdes.

Yvette le regarde sortir de la boutique, il marche de traviole, comme un crabe, se frayant un chemin entre le dédale des grands vases débordant de fleurs odorantes. Son corps dégingandé bringuebale, il traîne la patte et son cœur aussi est à la traîne. Cela fait quelque temps qu'elle trouve qu'il ne tourne pas rond. Plusieurs fois elle a eu envie de téléphoner à la mère de Vincent pour lui en parler, mais elle s'est retenue : après tout ce n'est plus un minot...

Elle essaie de ne pas se laisser apitoyer par son infirmité, causée par un accident de scooter alors qu'il venait d'avoir seize ans ; elle lui a donné une seconde chance après sa condamnation, elle est bien brave car d'autres qu'elle l'auraient renvoyé, c'est sûr. Elle l'a prévenu, il ne doit plus se louper, maintenant elle doit penser à elle et ne veut pas avoir d'histoire.

Elle connaît suffisamment son employé pour savoir qu'il ne se rendra pas au commissariat ; elle attend qu'il disparaisse de sa vue puis ouvre le tiroir placé sous la caisse enregistreuse et sort la carte que Félicie Hoareau lui a tendue hier en partant.

Quand la commissaire raccroche son téléphone, elle décroche un sourire à son adjoint et lui annonce :

— C'est bien ce que je pensais, Marion Varten a été assassinée, le docteur Laubier est formel : elle est morte après avoir inhalé des essences toxiques. L'analyse des plantes utilisées est en cours, le légiste n'a encore jamais eu affaire à un pareil cas ; je passerai le voir lundi avant de venir au bureau car il souhaite me mettre au parfum m'a-t-il dit... Bon ! Je te l'accorde c'est un humour douteux, mais il m'a à la bonne et j'en profite !

Bertrand n'a pas le temps de commenter la nouvelle, le mobile de sa chef se met à sonner de nouveau et Yvette Détailleur, sans prendre la peine de se présenter, annonce d'une voix fébrile que Vincent, son employé vient de réapparaître, il n'a donné aucune explication sur sa semaine d'absence et il lui a semblé encore plus bizarre qu'à l'ordinaire. Lorsque la fleuriste leur apprend qu'elle lui a donné l'ordre de quitter le magasin et de ne revenir qu'après être allé au commissariat, Félicie ne peut s'empêcher de lui faire des remarques acerbes :

– *Kossa y vé dire* ? C'est du n'importe quoi, il ne fallait surtout pas le laisser partir. J'ai consulté son dossier, il n'est pas clair, votre bonhomme, il a déjà été jugé pour abus de confiance et détournements d'images sur le net... Si ça se trouve, vous n'êtes pas près de le revoir, et nous, nous allons perdre notre temps à le rechercher.

– Parce que vous croyez que je ne perds pas du temps moi, et de plus, je perds aussi de l'argent dans cette affaire, car si vous voulez tout savoir la carte bleue qui a servi à payer la corbeille de roses est une carte volée...

La commissaire adoucit son ton et tente d'en apprendre plus, mais en vain ; après avoir coupé court aux jérémiades de la fleuriste, elle se tourne vers Bertrand, resté impassible, et lui demande :

– Où en est ton binôme en ce qui concerne le recueil de témoignages sur la victime ? Il va falloir passer à la vitesse supérieure. Si Vincent ne se présente pas spontanément, c'est sans doute parce qu'il a quelque chose à nous cacher, il ne doit pas être le seul d'ailleurs car le commanditaire du bouquet n'a pas voulu laisser de traces bancaires : la carte avec laquelle le bouquet a été payé est une carte volée. À moins qu'il ne s'agisse d'un coup d'esbroufe afin d'épater la fille avec qui le voleur avait rendez-vous, un faucheur fauché qui se la pète, ça se peut aussi. Nous devons entendre le témoignage du propriétaire de la carte, mais je doute que cela nous mène bien loin.

Bertrand rend compte de l'avancée des recherches, si tant est qu'il puisse parler d'avancée... Oui, quand même, il peut dire ça, car en interrogeant les vendeuses de la parfumerie Hubert et Julien ont récupéré des éléments intéressants : Marion leur avait bien annoncé qu'elle avait un rendez-vous ce soir-là avec un homme, sans leur préciser si elle le connaissait depuis longtemps, ni même si elle l'avait déjà rencontré. Aux dires de ses collègues de travail, elle leur aurait montré la photo d'un mec sur l'écran de son portable... Elles n'ont pu faire qu'une description approximative, car elles n'ont aperçu le portrait du bonhomme que quelques secondes : rien de particulier à signaler sinon qu'il avait une barbe rasée de près comme c'est la mode, un beau brun avec des yeux noirs, il semblait être en rapport d'âge avec Marion. Elles se sont un peu moquées de la petite qui semblait garder jalousement l'image de son visiteur du soir ; elles en avaient conclu que celle-ci devait le connaître puisqu'elle l'avait invité à venir chez elle.

Marion n'avait pas voulu leur en dire plus, mais avant de quitter le magasin, elle leur avait lâché que le lendemain elle leur raconterait sa soirée, afin de couper court à leur curiosité.

Le lieutenant précise que les jeunes vendeuses étaient très affectées par la mort de leur collègue de travail, une chic fille toujours prête à rendre service, une jeune femme saine, bien dans sa peau. Elle adorait son travail et avait l'intention après son BTS de poursuivre des études pour travailler dans l'industrie de la parfumerie. Les propos rapportés par ses anciennes collègues de travail laissaient entendre que Marion avait été séduite par le métier de nez après avoir travaillé l'été dernier à Grasse ; cette petite était ambitieuse et c'est sûr, elle avait tout pour réussir… Si c'est pas malheureux !

Pendant que Bertrand fait le point sur le travail de « ses » hommes, il ne peut s'empêcher de penser aux parents de Marion, il sait qu'il devra retourner leur annoncer que leur fille n'est pas morte accidentellement, mais qu'elle a été assassinée. Il est pris d'une rage folle contre cette ordure qui a brisé la vie de ces parents en ôtant le souffle de leur fille. Il ne cesse de songer à Julie, son unique enfant, il préfère ne pas imaginer la réaction qu'il pourrait avoir s'il devait vivre un tel drame… Félicie interrompt le scénario funeste qu'il échafaude, et devinant ce qui se passe dans la tête de son adjoint, elle lui dit d'une voix apaisante :

– *Kassé pas ta tête* Bertrand, ne t'en fais pas, demain après avoir vu le docteur Laubier, je passe te prendre au bureau et nous irons ensemble rencontrer les parents de Marion. Tu sais, tu as fait le plus dur lors de ta première visite, ils seront sans doute soulagés d'apprendre qu'il ne s'agit pas d'un suicide, même si la confirmation d'un crime ne fera pas revenir leur fille parmi les vivants.

À vue de nez

Marseille, lundi 15 octobre 2018

– Revenir parmi les vivants, dit le docteur Laubier, c'est chaque soir un peu plus compliqué, au bout de vingt années d'exercice dans la médecine légale passées à faire parler les morts. Vous voyez, quand je rentre à la maison je n'ai aucune envie de tailler une bavette, si je peux dire !

Félicie Hoareau essaie d'étouffer un rire, mais avec ce drôle de zèbre ce n'est pas chose facile, elle adore son langage imagé qui lui rappelle celui des siens. Les souvenirs de joutes verbales joyeuses avec ses huit frères et sœurs lors de pique-niques du dimanche se glissent dans la sinistre salle de la morgue de l'Hôpital de la Timone. Pour un peu, elle entendrait la voix de la maman rameutant ses petits à l'heure du déjeuner : « *Le ventre y crille marmite !* » Il manque quand même l'odeur du fumet de rougail s'échappant du faitout, elle est remplacée ici par celle moins agréable du désinfectant rappelant à madame la commissaire l'objet de sa visite. Le médecin légiste continue :

– Je ne sais pas vous, mais il y a des fins de journée où je n'ai plus la force de quitter le lieu de travail, même si ici ce n'est pas franchement folichon.

Oui, Félicie comprend bien cela, elle aussi ne peut plus s'extirper du bureau certains soirs. Sans doute Laubier a-t-il droit lui aussi à des scènes conjugales quand il rentre trop tard, elle essaie d'imaginer sa femme l'enguirlandant ; finalement son épouse s'entendrait bien avec Adrien son mari…

Le docteur interrompt ses divagations en lui proposant d'aller dans son bureau où ils seront mieux installés pour pouvoir faire son compte-rendu. Ils parcourent un long couloir sans rencontrer âme qui vive. Normal, pense-t-elle, ici c'est plutôt le couloir de la mort.

Comme à chaque fois, Félicie est agréablement surprise par l'atmosphère pleine de gaieté lumineuse régnant dans la pièce ; les murs peints de couleur vive, orange vitaminé et turquoise, contrastent avec la blancheur des salles de travail de l'institut. Sur les rayonnages se côtoient les lourds bouquins de médecine et les trophées sportifs que le docteur se plaît à exhiber. Une photo grand format d'un trois-mâts quittant le port de Marseille est accrochée au mur, rappelant qu'il est des départs heureux.

La commissaire esquisse un sourire complice en voyant la nuée de Post-its couvrant la table de travail. Tiens, cela lui rappelle quelque chose...

– Bon, avec vous, je ne vais pas y aller par quatre chemins, et ce que je vais vous révéler est assez surprenant. Tout d'abord, les examens externes et les prélèvements effectués ont démontré qu'il n'y a pas eu de sévices sexuels sur le corps de la victime. La levée de corps a été particulièrement bien faite et le relevé d'indices sur la scène de crime indique l'absence de violence physique, ce qui ne manque pas de nous interroger sur le ou les mobiles de l'assassin.

Si ce n'est pas un violeur, cela n'exclut pas la possibilité d'avoir affaire à un voleur, pense Félicie, l'absence de portable et d'ordinateur dans l'appartement peut s'expliquer ainsi ; après tout, dernièrement, un marginal âgé de dix-sept ans a bien massacré à coups de couteau une jeune étudiante en plein milieu d'une rue près de la gare Saint-Charles, simplement pour lui dérober son mobile.

Elle laisse continuer le docteur.

– J'ai donc pratiqué une autopsie, comme me l'a demandé le procureur. Il faut reconnaître qu'à Marseille nous avons de la chance, car dans certaines régions la justice se contente d'un examen fait par le généraliste, souvent à la va-vite, et le médecin légiste n'est là qu'à titre consultatif. Chez nous, malgré le manque de moyens, le procureur ne lésine pas pour déclencher des investigations plus poussées et à l'IML nous pratiquons jusqu'à plus de trois-cents autopsies par an, ce qui nous permet de découvrir 5 % de morts suspectes supplémentaires rapportées à un bassin de vie comparable. Enfin, bassin de vie, façon de parler !

– Avant de m'indiquer les causes de cette mort, je voudrais savoir si vous avez pu déterminer quand a eu lieu cet homicide. Cela pourrait-il remonter à une huitaine de jours, date à laquelle Marion Varten attendait un visiteur, celui-ci lui ayant vraisemblablement fait livrer un bouquet de roses ?

Le docteur Laubier ne fait pas dans la dentelle et répond :

– À vue de nez, cela pourrait bien être cela… Non ! Plus sérieusement, vous avez pu le constater par vous-même, le phénomène de putréfaction était bien entamé, les bactéries s'étaient développées dans le corps, le gaz produit par la dégradation des protéines en acides aminés avait fait gonfler le cadavre. Pas besoin de disséquer le corps pour se rendre à l'évidence : le réseau de vaisseaux sanguins marbrait la peau de notre victime, les globules rouges s'étaient déjà décomposés, libérant l'hémoglobine…

Les analyses ont démontré que la mort remonte à huit jours. L'heure exacte ne peut pas être déterminée, mais le décès a dû suivre de quelques heures l'inhalation par la jeune fille d'un poison mortel.

Nous y voilà, pense Félicie, le métier de médecin légiste ressemble finalement au mien, mais l'enquête se mène à huis clos. Elle attend la suite suspendue aux lèvres du médecin ; celui-ci mesure son impatience et ménage le suspense.

Au bout de longues secondes, n'y tenant plus, la commissaire l'apostrophe familièrement :

– *Fais pas l'coulou mon koko,* on ne va pas y passer cent-sept ans, comment est-elle morte ?

– Non, je ne fais pas l'imbécile, dit Jacques Laubier d'un air amusé, mais si les morts prennent leur temps pour nous révéler leur secret, nous devons savoir les respecter. *Pa bezoin kour vitman komesa,* ça ne sert à rien de se précipiter Madame la Commissaire !

Il trouve la commissaire pas mal culottée pour lui parler sur ce ton en créole et il ne se prive pas pour lui montrer qu'il a du répondant. Heureusement pour elle, elle est jolie comme un cœur, et son vieux cœur à lui peut encore battre pour une belle femme.

À soixante ans, le légiste se trouve encore beau mec, les cheveux plus poivre que sel, aussi courts que sa barbe de trois jours, un corps svelte et athlétique qui ne rechigne pas sur les heures de jogging, et surtout un humour ravageur, pense-t-il, qui fait craquer toutes les jeunettes.

Avec assurance il poursuit son diagnostic :

– Marion Varten a été assassinée par inhalation d'une plante six mille fois plus toxique que le cyanure : la ricine. C'est une toxine extrêmement dangereuse que l'on trouve dans les fèves de ricin, sous forme de graines, une plante principalement cultivée en Inde, en Chine ou au Brésil, mais que l'on peut se procurer très facilement.

Félicie acquiesce, elle sait la dangerosité de cette poudre, redoutée pour les attentats terroristes, et se souvient aussi de l'affaire de La Maison-Blanche en avril 2013 concernant une lettre contenant de la ricine envoyée à Barack Obama. Lorsqu'il est inhalé, ce poison entraîne en quelques heures un syndrome de détresse respiratoire aiguë irréversible, provoquant une mort certaine. Aucun antidote n'est à ce jour connu.

Elle ne peut s'empêcher de dire :

– La ricine ?... Oh ! quand je pense à tout ce que ma mère m'a fait ingurgiter d'huile de ricin, sous prétexte que c'était un fortifiant, et quel goût dégueulasse, c'était pire que l'huile de foie de morue ! Elle nous courait après autour de la table de la cuisine !

– Bah ! Cela vous a plutôt réussi, vous êtes une belle plante ! lui rétorque-t-il en jetant un regard appuyé aux rondeurs suaves de sa collègue.

La commissaire sait qu'il a du bagou, elle laisse faire, cela la flatte un peu même si c'est le genre de remarques qu'elle ne tolèrerait pour aucun des hommes qu'elle dirige. Mais là...

— Et puis faut pas vous inquiéter, continue-t-il, quand l'huile est passée en autoclave à 125°, la toxine est détruite, c'est le cas pour le breuvage de votre enfance. Ce qui semble bizarre dans ce meurtre, c'est qu'il aurait été plus simple de faire ingérer le poison au lieu de préparer la potion comme cela a été fait : un mélange d'huile essentielle de lavandin avec de la ricine dispersée sous forme de poudre ; des traces infimes de cette mixture ont été retrouvées dans le brûleur de parfum emmené au labo, il est vrai que la ricine est mille fois plus toxique par inhalation, ceci doit expliquer cela. Enfin, se reprend-il, il semblerait que cette mise en scène ait été voulue par le meurtrier, en tout cas rien ne l'explique rationnellement.

Suivant le raisonnement du docteur, la commissaire, brûlant d'impatience, l'interrompt de nouveau :

— Mais enfin, mourir par inhalation n'est pas une mort douce, elle aurait dû vomir, ou tout au moins se débattre, elle était dans son lit, allongée sur le dos.

— Oui, vous avez raison, mais elle a été bourrée de somnifères, puis sans doute portée dans son plumard avant que l'assassin branche le brûleur de parfum à la prise. Il a dû agir vite, en moins d'une minute en retenant sa respiration, à moins qu'il ait utilisé un masque à oxygène.

— Pourquoi faire compliqué quand on peut faire simple ? Qu'est-ce que tout ce cinéma signifie ? *Nou lé ardmandé,* on se le demande !

Le docteur ne répond pas, depuis qu'il exerce, il en a vu de toutes les couleurs et il ne changerait pas sa place avec celle de l'enquêtrice. Il a refermé les incisions en forme de Y faites à grands coups de scalpel dans le corps de la jeune morte, elle peut reposer en paix maintenant ; il laisse Félicie en proie à ses tourments, il a fait parler la victime, c'est au tour de la commissaire de faire parler le coupable, si tant est qu'elle puisse le retrouver.

Avant qu'elle s'éloigne, Jacques Laubier lui saisit la main et lui dit :

— Il reste une chose à faire qui n'est drôle ni pour vous ni pour moi : informer les parents des circonstances de la mort de leur enfant. Si vous êtes d'accord, nous leur demanderons de venir à l'Institut et nous les recevrons ensemble. Nous avons pu lever les doutes concernant un éventuel suicide de leur fille, c'est un élément important qui est une première étape dans un processus de deuil. Vous savez, lorsqu'ils sont venus me voir, ils étaient accrochés l'un à l'autre comme deux arapèdes, ces mollusques qu'on trouve sur les rochers. Je me suis demandé qui des deux tenait l'autre. C'est notre job de les remettre debout, et c'est en additionnant nos forces et nos savoir-faire que nous pourrons y parvenir, si vous le voulez bien.

Oui, elle le veut bien, elle sait que Bertrand, son adjoint, redoute le moment de rencontrer de nouveau les parents et elle pourra ainsi l'en dispenser. Depuis que sa fille est étudiante, son adjoint a tendance à s'inquiéter pour un oui, pour un non et il finit par se persuader que les barjots courent à chaque coin de rue. La commissaire sait que lorsqu'elle lui révélera les détails du meurtre, ça risque d'être pire encore !

Pour détendre l'atmosphère et avec son humour redoutable, le docteur lui propose d'aller boire une bière avant que le cadavre soit mis en bière. Et pourquoi pas une Dodo, si elle connaît un bistrot à Marseille où ils peuvent en trouver... Après tout c'est l'heure de l'apéro : *zot i boir in nafer ?*

Évidemment, demandé comme cela, elle ne peut pas refuser. Oui, elle est d'accord pour une bière, mais pas plus, l'après-midi de travail va être longue, elle est convoquée en préfecture car les pouvoirs publics redoutent une manifestation spontanée dans la capitale phocéenne : depuis quelques jours des mots d'ordre appelant au rassemblement sur des ronds-points circulent sur les réseaux sociaux.

En guise de réponse, elle éclabousse le légiste d'un grand sourire.

Peut-être dix années de moins, pense Jacques Laubier, tandis que madame la commissaire fredonne pour elle-même, sur un air connu : *il suffirait de presque rien…*

Tourner autour du pot

Marseille, mardi 16 octobre 2018

Il suffirait de presque rien pour que je me retrouve en taule, pense Vincent face à Bertrand Schiappani qui lui fait subir un interrogatoire musclé depuis plus d'une heure.

Dans la pièce attenante au bureau de la commissaire, le lieutenant ne lâche pas le témoin numéro un, qu'il aimerait bien voir se transformer en suspect du même rang. Il regarde ce grand escogriffe dont une mèche de cheveux et la barbe rasée de près dissimulent mal une cicatrice sur la joue droite rehaussant sa lèvre supérieure en un rictus de mépris. Maigre comme un chat de gouttière, toutes griffes dehors, Vincent voudrait pouvoir bondir sur ce flic qu'il juge imbu de lui-même ; cependant il fait le dos rond : il sait qu'il ne doit pas la ramener, sa condamnation récente est une épée de Damoclès au-dessus de sa tête.

En fin de matinée, il était sur la jetée derrière le MUCEM lorsque deux policiers se sont approchés de lui, sous le regard inquiet des jeunes désœuvrés avec lesquels il était en conversation :

– Vincent Rodriguez ? Vous allez devoir nous suivre au commissariat, nous avons quelques questions à vous poser au sujet de Marion Varten, vous êtes sans doute la dernière personne à l'avoir vue avant sa mort.

Pendant quelques minutes Vincent a été pris de panique, persuadé que les policiers allaient lui passer les menottes. Il a été rassuré lorsqu'il a compris qu'il serait entendu comme témoin, mais l'idée de se retrouver au commissariat ne lui plaisait pas vraiment.

Dans la salle à l'air vicié, Vincent étouffe, cette scène lui rappelle celle de son arrestation, il y a trois mois. Il repasse le film en accéléré et se remémore les remarques goguenardes des flics ; leurs moqueries résonnent encore dans sa tête, créant une onde de choc au niveau de sa poitrine. Il est vrai que le piège tendu à la fille, à y repenser, était assez grotesque, mais la souris s'y est laissé prendre et il ne l'a pas forcée. Il se souvient des rires gras des policiers éveillant en lui le souvenir d'autres humiliations supportées pendant son adolescence. Aujourd'hui encore, il n'est pas près d'oublier ces railleries et ne veut les revivre pour rien au monde.

Il suffoque dans cette pièce sans fenêtre et essaie de mettre en pratique les cours de sophrologie qui lui sont prescrits pour sa thérapie, mais tu parles, la respiration profonde c'est bien quand tu te laisses flotter, quand tu touches le fond, ça ne marche pas.

Ça ne finit donc jamais, je dois toujours m'enliser dans cette vase visqueuse, pense-t-il.

Depuis son accident de scooter, il a le sentiment qu'une mélasse poisseuse lui colle à la peau : la scoumoune, comme disent les gens d'ici. Chaque fois qu'il refait surface, il est de nouveau tiré vers les profondeurs obscures où les mots ne sont plus que des consonances vibratoires vides de sens. *Il va vous falloir chercher au plus profond de votre être pour comprendre votre histoire et vous en libérer…* Les paroles du docteur Martinier viennent se nicher dans sa tête, et la rage monte, une déferlante. Putain, c'est tellement facile de prodiguer des conseils, mais qu'est-ce qu'il connaît, lui, de mes blessures !

Il sent dans la poche arrière de son Jean le morceau de papier que Leïla lui avait tendu juste avant l'arrivée de la BAC, un numéro de téléphone griffonné à la hâte, seul trait d'union avec sa nuit d'errance et l'imbroglio dans lequel il se trouve aujourd'hui. Leïla, il était venu sur la jetée dans l'espoir de la retrouver ce matin, il a été content de la revoir même s'il ne sait toujours pas qui elle est.

Peut-être a-t-il couché avec elle dans la nuit du 3 octobre... Non, sans doute pas, il n'a pas fait l'amour depuis sa première arrestation, une peur irrationnelle de retomber dans des addictions qui pourraient le faire plonger de nouveau. Tiens, j'ai dit « première arrestation », c'est curieux, songe-t-il, je suis entendu comme témoin, mais je ne peux m'empêcher de me sentir coupable…

Bertrand Schiappani souffle le chaud et le froid en permanence, alternant un ton doucereux avec des poussées dans les aigus qui ne laissent aucun doute sur la gravité de la situation. Entre deux questions, il reprécise que ce n'est pas une interpellation et qu'il s'agit d'un témoignage. Vincent pense que ce sont de drôles de méthodes car dès qu'il est arrivé au commissariat, il a dû se plier au test d'alcoolémie et a subi une prise de sang pour vérifier s'il n'avait pas abusé de stupéfiants, il n'est pas sûr que tout cela soit très réglo. Les abus sont stupéfiants dans la police, se dit-il, et il sent monter en lui des bouffées de haine qu'il a du mal à cacher.

Les résultats des tests ne l'inquiètent pas, Vincent ne touche plus à rien depuis près de trois mois, c'est l'effet de l'alcool combiné à celui du cannabis qui par le passé lui a fait faire pas mal de conneries en désinhibant sa timidité maladive. Aujourd'hui il célèbre son 85e jour d'abstinence, personne n'est au courant de sa démarche, même pas le psy qui le suit : moins il en parle et mieux il se porte !

D'ailleurs de façon générale, moins il en dit…

— Tu vas parler ou quoi ? dit le lieutenant Schiappani en l'interrompant dans ses pensées.

Le témoin numéro un note le passage du vouvoiement au tutoiement, ce n'est pas bon signe, il sait qu'il va devoir passer aux aveux. Mais avouer quoi ?

— Je ne sais pas ce que vous attendez de moi, je vous ai déjà tout dit, enfin j'ai raconté tout ce dont j'ai été capable de me souvenir. Pour le reste…

— Justement, c'est le reste qui nous intéresse, alors on va reprendre tranquillement, dit l'adjoint de la commissaire.

Tout vient à point à qui sait attendre, pense-t-il, tandis que lui vient spontanément à l'esprit l'un des proverbes favoris de sa chef : *gros karang i bek sï le tard...* Gros poisson mord sur le tard !

Bertrand sourit, comparer Vincent Rodriguez à un gros poisson, faut le faire ! Lui, c'est plutôt un stoquefiche comme on dit chez nous, il est plat comme une morue !

Il aimerait bien que Félicie rapplique, il sait qu'elle était en fin de matinée avec le chef de service de la médecine légale, c'est sûr, l'autre bellâtre lui aura fait du grain. Le lieutenant n'est pas jaloux, non, simplement il a l'impression que depuis quelque temps il y a de l'eau dans le gaz entre les époux Hoareau et il n'aimerait pas que sa patronne se laisse entraîner dans une histoire où elle pourrait laisser des plumes, car il connaît le docteur Laubier, un drôle de perdreau...

Depuis que la commissaire a été nommée à Marseille, Bertrand a le sentiment qu'il ne cesse de la protéger, ce qui n'est pas dans l'ordre des choses ; le pire dans tout ça c'est qu'il ne peut pas le faire ouvertement car il ne doit pas montrer à ses hommes la faiblesse de leur supérieure : ils pourraient l'exploiter à son désavantage...

Vincent l'interrompt dans ses pensées :

— Ce qui s'est passé cette nuit-là ne m'était encore jamais arrivé, vous pouvez le demander au docteur Martinier, le psychiatre qui me suit ; je ne sais pas ce qui m'a pris, lorsque je suis redescendu après avoir livré le bouquet chez Marion Varten, j'ai dévalé les quatre étages, c'était comme une descente aux enfers, dans le néant. Le rideau s'est baissé dans mon ciboulot, je n'ai aucune idée de ce que j'ai pu faire jusqu'au lendemain matin vers 8 h où je suis revenu à moi, oui, c'est le terme : revenu à moi. J'étais sur la jetée derrière le MUCEM, en compagnie d'une bande de jeunes marginaux que je ne connais pas.

— Êtes-vous bien sûr de ne pas les connaître ? Alors pourquoi étiez-vous encore avec eux cette fin de matinée ?

— Je vous l'ai déjà dit : je suis allé les revoir pour savoir ce que j'ai trafiqué la nuit du 2 au 3 octobre. Ma patronne m'avait informé que la commissaire voulait m'entendre et j'ai pensé que ces gus pourraient me dire pourquoi je me suis réveillé parmi eux, mais je n'ai pas eu le temps de leur demander car vos flics sont venus me chercher.

— Tu as bien dit : « trafiquer », au fond c'est peut-être cela tout simplement : tu étais là pour trafiquer !

— Je veux parler à votre chef, je ne comprends pas ce que vous me voulez. Est-ce que vous m'interrogez toujours comme témoin ?

Le tutoiement du policier et son air suspicieux l'agacent vraiment et Vincent doit se contenir pour rester poli. Ah ! s'il n'était pas fiché comme délinquant sexuel, il lui clouerait le bec !

Bertrand Schiappani jette un coup d'œil à l'écran de son mobile, un message vient de s'afficher, la chef en question l'avertit, elle n'est pas près de venir car elle a une réunion en préfecture ; ne devaient-ils pas aller ensemble voir les parents de Marion ? Elle est sans doute en train de se payer une partie de jambes en l'air avec Laubier… Cette simple idée l'agace profondément, en attendant, lui, il a le livreur dans les pattes et il va devoir la jouer fine car il ne va pas pouvoir le garder longtemps.

Il aimerait bien que ce grand échalas arrête de tourner autour du pot. Il radoucit son ton :

— Oui, vous êtes entendu comme témoin, et nous comptons sur vous pour nous aider. Peut-être avez-vous appelé un ou une amie au téléphone cette nuit-là…

— Je n'ai pas d'amis.

C'est vrai, pense-t-il, depuis mon accident le vide s'est fait autour de moi ; il regarde le flic droit dans les yeux et rajoute :

— Vous avez raison, mon mobile, lui au moins il a de la mémoire.

— Est-ce que vous pouvez vérifier sur votre portable les appels passés ou reçus entre 19 h et 8 h du matin dans la nuit du 2 au 3 octobre ?

Vincent pense que l'heure est à l'apaisement et regarde son journal d'appel ; il reçoit si peu de coup de fil qu'il n'efface jamais les numéros. Une chance ? Il ne le sait pas à vrai dire.

Le numéro du docteur Martinier s'affiche. 3 octobre, 4h du matin. Pourquoi ?

Il relit le nom du médecin et son numéro de téléphone, il a l'impression de devenir complètement jobastre. Pourquoi a-t-il appelé son psy alors que pendant les heures interminables de consultation il n'a jamais rien à lui dire ? Comme joker, on peut faire mieux...

— Cette nuit-là, j'ai téléphoné au docteur Martinier, vous savez, c'est mon psy, dit-il d'une voix blanche, la conversation n'a pris que 30 secondes, j'ai dû laisser un message.

— L'avez-vous revu depuis ?

— Non, la dernière fois que je suis allé à son cabinet, c'était le 2, quelques heures avant la fameuse livraison du bouquet.

Bertrand se dit que tout cela semble bien louche. Il en parlera à Félicie et ils rencontreront ensemble le psychiatre car il y a sûrement quelque chose à creuser.

En attendant, Vincent a l'impression de creuser sa tombe, il veut en finir avec ces séries de questions qui ne font que rajouter une couche de plus au brouillard déjà bien épais colonisant son cerveau.

Il est sauvé par le gong ou plus exactement par le bip du portable du lieutenant de police.

Lorsque le livreur quitte le commissariat, il se demande pourquoi il a été lâché aussi vite, mais il n'est pas mécontent de se retrouver à l'air libre. Certes, Bertrand Schiappani lui a bien dit qu'ils sont appelés à se revoir et qu'il doit rester disponible, mais il a débité ces paroles toutes faites sans conviction en le poussant vers la porte de sortie, pressé d'en finir.

Je l'ai échappé belle, songe Vincent, tandis qu'il reconnaît en lui une sensation de panique éprouvée chaque fois qu'il s'est retrouvé dans de sales draps : j'ai peur, j'ai besoin de trouver de l'aide.

Funeste intuition

Marseille, mardi 16 octobre 2018

J'ai peur, j'ai besoin de ton aide, il faut que je te parle. Le message affiché sur le portable du lieutenant Schiappani se brouille, il est arrivé quelque chose de grave à Julie, Bertrand en est sûr, c'est la première fois qu'elle l'appelle à son secours. Il compose son numéro, mais tombe sur le répondeur, ce qui l'inquiète encore plus ; il renvoie un SMS pour lui demander où elle se trouve, il est prêt à traverser la terre entière pour voler à sa rescousse. En fait, il lui suffira de traverser le cours Lieutaud et de rejoindre la cafétéria du théâtre du Gymnase, tout à côté du lycée Thiers, c'est le QG des étudiants en prépa littéraire, ils viennent s'abreuver des textes joués par des comédiens croisés parfois entre deux répétitions.

La distance est courte, quelques centaines de mètres, mais elle semble plus longue que le Marseille-Cassis, le semi-marathon qui aura lieu dans quelques jours et que Bertrand ne raterait pour rien au monde, même si d'année en année la course lui paraît de plus en plus difficile.

Son entrée dans le hall du théâtre est des plus remarquées, et il réalise qu'il est encore en tenue d'officier de police car dans sa précipitation il n'a pas pris le temps de se changer.

Julie est attablée devant un grand verre de menthe à l'eau, entourée de copains et copines qui n'ont pas beaucoup d'eau dans leur verre.

Elle se lève pour aller à la rencontre de son père, ce qui lui fait faire l'économie des présentations. Elle n'a pas vraiment changé, pense Bertrand, se souvenant des premières fois où il l'accompagnait en voiture à l'entrée du collège : elle ne voulait pas être vue par ses camarades et lui demandait de se garer bien en amont de la grille.

– Salut Papa, on ne reste pas là. Elle est où ta voiture ?

Le temps de faire claquer deux bises sur les joues, et Bertrand se trouve propulsé sur le parvis du théâtre.

– Je suis venu en métro, on va prendre celui de la station du Vieux Port, ça descend, ainsi tu pourras me raconter en marchant ce qui t'arrive. Rien de grave, j'espère ?

Pour toute réponse Julie accroche son bras à celui de son père, dans la rue, incognito, elle veut bien se montrer à ses côtés.

Quand ils passent devant le commissariat de Noailles, elle marque un temps d'arrêt comme pour demander à entrer dans le bureau du lieutenant, puis, se ravisant, elle reprend la marche et devinant les pensées de son père, elle lui dit :

– Tu sais, j'ai l'impression que ça fait une éternité que nous n'avons plus marché ainsi dans la rue, bras dessus, bras dessous, tu te souviens maman nous appelait « crochet-maillette ? »

Sans lui laisser le temps de retrouver avec nostalgie les images de leurs moments complices, elle poursuit :

– Je ne sais pas si c'est l'aide de mon père ou celle du policier que je sollicite, c'est toi qui verras : c'est au sujet d'Élodie.

Bertrand sent monter en lui une indicible joie : sa fille n'est pas en danger et c'est un immense soulagement. Il est cependant soucieux car il sait que Julie n'est pas du genre à s'inquiéter pour des broutilles et il connaît les liens forts qui unissent les filles.

– J'essaie de la joindre au téléphone depuis 24 h et elle ne répond pas. Je lui ai laissé je ne sais combien de messages sur le portable, ce n'est pas dans ses habitudes de ne pas donner signe de vie, elle a toujours son mobile greffé à l'oreille. Je crains vraiment qu'il lui soit arrivé un malheur, il faut que je te raconte, je suis allée la voir à Aix…

En quelques phrases hachées, elle résume la longue soirée cauchemardesque de son amie, son agression sexuelle, insistant sur le danger qu'elle court.

– Ce professeur est un frappadingue et pour sauver son honneur il pourrait faire n'importe quoi, répète-t-elle plusieurs fois en terminant son récit.

Arrivée près de la station du métro du Vieux Port, Julie resserre son étreinte à la recherche de soutien pour descendre les quelques marches et Bertrand réalise que sa fille a les jambes flageolantes sous le coup de l'émotion. Il essaie tant bien que mal de dédramatiser la situation :

– Tu sais, il ne faut pas t'inquiéter, avec un peu de chance Élodie est avec son petit copain en ce moment, on va attendre un peu, tu lui as proposé de venir à la maison pour les vacances de la Toussaint, je parie qu'elle va bientôt t'appeler.

– Papa, tu ne peux même pas imaginer la trouille que j'ai, j'aimerais bien qu'elle soit avec Lucas, un garçon qui lui court après, mais je n'arrive pas à y croire, je suis sûre qu'elle est en danger.

– Écoute, on va laisser passer encore 24 h et si elle ne s'est pas manifestée d'ici là, je préviendrai un collègue qui bosse à la brigade anticriminelle d'Aix et ils iront faire un tour chez elle pour que tu sois rassurée.

La fille du lieutenant essaie de faire bonne figure, mais elle a du mal à entendre ces paroles réconfortantes, aucun argument ne peut lui ôter la funeste intuition venue se loger sous son crâne.

Arrivé sur le quai, Bertrand a la curieuse sensation qu'une présence hostile est dans son dos ; il se retourne et à quelques mètres de lui il aperçoit la silhouette décharnée de Vincent, mêlée aux nombreux passagers. Il a juste le temps de se demander si c'est une étrange coïncidence ou si le livreur l'a suivi depuis qu'il a quitté le commissariat, Julie le tire par le bras avec empressement et ils s'engouffrent dans la première voiture en direction de la place Castellane.

Vincent regarde le métro s'éloigner, il ne peut empêcher ses pensées haineuses de revenir en force : ce lieutenant l'a méprisé, ils sont donc tous pareils les flics, l'autosuffisance, ils ont ça dans leurs gènes. Il a été humilié par ce connard, mais il ne se laissera pas faire, il va le marquer à la culotte pour tout savoir de la vie du policier et il trouvera sa faille car il en a forcément une.

Le livreur sort de sa poche le mobile et repasse en accéléré le film qu'il vient de faire lors de l'arrivée de Bertrand Shiappani. Arrêt sur image… Qui est cette fille accrochée à son bras ? C'est peut-être elle la faille du lieutenant, pense-t-il en zoomant sur le visage de Julie, un mauvais sourire vient étirer sa cicatrice. Je vais devoir reprendre du service dès ce soir, je n'ai plus touché à mon ordi depuis des lustres, mais je n'ai pas perdu la main : ça ne me sera pas difficile de faire plus ample connaissance avec ces deux-là… Ils cracheront leur pedigree.

Vincent ravale sa colère, il est sûr de lui, il maîtrise parfaitement les recherches sur la toile et avec les images qu'il vient de capter, la tâche sera simplifiée. La hargne qui l'habite le fait trembler, il sait qu'il ne se laissera plus cabosser par la vie, il rendra coup pour coup.

Ce flicaillon, pense-t-il, pourra toujours mener son enquête, il ne me fait pas peur. Désormais, je crains dégun, personne…

Il reprend sa marche claudicante et en sortant de la station, sans vraiment s'en rendre compte, il remonte vers la rue Breteuil, et passe sous l'ombrière du Vieux Port qui, par un effet de miroir géant, le suspend par les pieds. Il s'arrête un instant derrière un cercle de badauds et lève les yeux pour suivre le spectacle de trois jeunes danseurs hip-hop jouant avec le reflet de leur image : trois têtes qui tourneboulent accrochées au plafond de la structure métallique. Cet espace ludique, très prisé des Marseillais, donne le sentiment que chacun peut être, à un moment ou un autre, sens dessus dessous et Vincent apprécie à cet instant-là, l'étrange impression de vivre la tête à l'envers.

Il pourrait rester de longues minutes encore, mais une force inconsciente le pousse à retourner à la case départ, sur le lieu du crime. Sans doute pour reprendre le fil de l'histoire, le tenir et ne plus le lâcher.

Arrivé devant la porte de Marion Varten, en bas de l'immeuble, il s'assoit sur les marches tel un amoureux ayant oublié ses clés, ou peut-être un amant éconduit. La tête dans ses mains et les coudes sur les genoux, il ne prête pas attention aux regards étonnés des passants, d'ailleurs il a l'habitude des coups d'œil furtifs jetés sur lui.

Les gaz sortis des pots d'échappement des voitures et motos au flux incessant rendent l'air oppressant et Vincent pense à tous ces SDF qu'il croise sans les voir lorsqu'il livre ses fleurs aux quatre coins de Marseille : comment font-ils pour respirer en passant leurs journées entières assis sur les trottoirs de cette ville tentaculaire ?

L'image de Leïla surgit, il l'imagine assise à ras de terre en train de faire la manche. Il ne sait rien d'elle et peut-être fait-elle partie des sans-abris ? Il chasse très vite cette idée : cela n'est pas possible, cette fille est trop solaire pour traîner à même le sol crasseux. Il la revoit sur la jetée, face à la mer, c'est là qu'il l'a rencontrée pour la première fois et c'est là qu'il est revenu ce matin pour la retrouver. Pourquoi lui a-t-elle donné son numéro de portable quand les flics sont arrivés ? Le bout de papier dans sa poche le rassure : si elle a un portable, elle n'est sans doute pas SDF. L'idée de pouvoir lui téléphoner le tranquillise, il a besoin de son aide pour comprendre ce qui lui est arrivé, il doit la revoir. Il est incapable de se remémorer ce qu'il a pu lui confier lors de cette nuit d'errance, il se souvient seulement que lorsqu'il est sorti de sa torpeur, il lui restait la sensation d'avoir été ballotté tel Ulysse de Charybde en Scylla, sans pouvoir rejoindre son port d'attache. Face à lui le MUCEM dans sa carapace hérissée de béton semblait remonter le temps avec sa passerelle qui enjambait d'un pas de géant les siècles de civilisation en le reliant au Fort Saint-Jean. Cette vision est encore présente dans sa tête, comme un mirage après une traversée en solitaire.

Une seule chose importe pour Vincent maintenant : ne plus se laisser aller à la dérive et redevenir maître de son destin. Une image émerge de la brume dans laquelle il se trouve : il tient la barre et Leïla est sa figure de proue.

Il enlace ses genoux, roule en boule son corps malmené et commence un mouvement de balancier en cognant parfois sa tête contre la lourde porte en bois. Entre ses dents sifflent les mêmes mots telle une litanie : *ils ne m'auront pas… Ils ne m'auront pas…*

Quelques centaines de mètres plus bas, sur le quai des Belges, Félicie Hoareau est assise aussi, mais sur un banc. Elle happe à petites goulées l'air iodé, la bouche entrouverte. Une drôle de girelle échouée dans un panier de crabes, voilà ce que je suis, pense-t-elle en regardant les navettes maritimes en partance pour le petit port de l'Estaque.

Dans une semaine elle fêtera ses quarante ans, la fleur de l'âge, le temps passe vite. Elle est lasse de devoir porter sur ses épaules le poids des responsabilités que lui confère son grade. La réunion avec le préfet a été tendue, le haut fonctionnaire les a alertés sur la situation sociale dégradée à Marseille comme ailleurs et sur le risque de grandes manifestations rassemblant des citoyens engagés et des individus laissés pour compte. Relayée par les réseaux sociaux de manière inédite, une information circule : des blocages de ronds-points par des contestataires vêtus de gilets jaunes sont attendus dans de nombreuses villes pour les semaines à venir.

Madame la commissaire sait bien qu'elle doit obéir aux autorités politiques qui ont le pouvoir, mais, enfant, elle a trop côtoyé la misère pour ne pas avoir de l'empathie pour tous ceux qui luttent afin de joindre les deux bouts en fin de mois. Elle n'oublie rien de son histoire, elle, l'aînée d'une fratrie de neuf, dont la devise est « *Tyen bo larg pa nyabou* », tenir les deux bouts, coûte que coûte ! Aujourd'hui encore ses frères et sœurs qui vivent à la Réunion ne roulent pas sur l'or et certains d'entre eux pourraient bien se retrouver aussi sur les giratoires de Saint-Denis ou de Saint-Pierre dans les jours qui viennent. Ça lui fait mal au cœur d'imaginer qu'ils ne combattront pas du même côté de la barricade.

Elle sait aussi qu'elle va devoir demander à son équipe de se démultiplier et les effectifs dans la police étant ce qu'ils sont, c'est à dire pas grand-chose, Félicie sera contrainte de mettre en standby le travail d'investigation sur le meurtre de Marion Varten. Elle craint que l'enquête passe aux oubliettes pendant quelque temps, elle voudrait tellement que les malheureux parents de la victime puissent commencer leur travail de deuil.

À vrai dire la commissaire s'inquiète aussi de l'attitude de son adjoint. Depuis le début de l'affaire, Bertrand semble très vulnérable ; il est choqué par ce meurtre sans doute à cause du jeune âge de Marion qui lui fait penser à sa fille. Il ne sait rien refuser à sa petite et Félicie est un peu furieuse de savoir qu'il a laissé partir un témoin, ô combien important, sur un simple appel téléphonique de sa progéniture ; c'est d'autant plus rageant qu'elle aurait bien aimé participer à la fin de l'audition : elle aurait vu à quoi ressemblait le livreur et aurait pu se faire sa propre opinion. Elle a une grande confiance en son adjoint, mais là…

Elle voue une véritable passion aux sciences comportementales et de temps en temps, quand elle est, comme aujourd'hui, un peu fatiguée par son métier de meneuse d'hommes, elle envisage de reprendre ses études. Elle a eu la chance de faire un stage, il y a quelques années, dans la cellule d'analyse comportementale au Fort de Rosny-sous-Bois au sein de la gendarmerie nationale et les armes qu'elle s'est forgées en psychologie valent bien tous les pistolets tenus en main dans les écoles de tir depuis ce temps-là.

Comme elle n'est pas du genre à se laisser abattre, Félicie Hoareau jette un dernier coup d'œil à la mer, son paysage de prédilection, puis, lui tournant le dos, elle entreprend la remontée de la Canebière, il n'est que 16 h et sa journée n'est pas terminée. Sa démarche altière, avec juste un rien de déhanchement, lui confère une allure déterminée ne laissant rien apparaître de ses doutes. Madame la commissaire sait donner le change.

Une panique folle

Aix-en-Provence, mercredi 17 octobre 2018

Donner le change… Jean Devivier a l'impression de ne faire que cela depuis quelques mois. Sa femme, Léonie, s'absente de plus en plus souvent, invitée pour des séances de dédicaces lors de festivals se tenant à l'autre bout du pays. Lorsqu'elle n'est pas à ses côtés, il est débordé par des pulsions sexuelles qui l'envahissent et qu'il ne parvient pas à maîtriser. C'est ce qui est arrivé avec Élodie Barles, mais il faut dire qu'elle l'a bien cherché cette allumeuse !

L'adoration qu'il voue à sa femme est un garde-fou : en sa présence il est habité par un calme intérieur. Il ne sait pas expliquer ce phénomène bizarre d'inhibition qui s'est enkysté au fil du temps ; il désire posséder son épouse, mais la volupté lui paraît criminelle et devant le corps aimé il est en extase ce qui provoque son impuissance… Ils ne parlent jamais de leur vie sexuelle, Léonie ne semble pas en souffrir, elle a toujours été beaucoup plus cérébrale que sensuelle, pense-t-il.

Au cours de ces dernières années, il a fini par s'accommoder de cette situation en fréquentant des prostituées, mais depuis quelque temps il est comme perdu lorsque sa femme le quitte : un sentiment d'abandon le submerge. Il lui semble même qu'elle multiplie les occasions pour ne pas rester en tête à tête avec lui, il ne supporte plus les séparations ni même les moments où elle est là sans être là.

En effet, lorsqu'elle n'est pas en vadrouille, sa femme organise souvent des dîners avec des personnalités du monde littéraire, dans leur appartement haussmannien situé sur la petite place d'Albertas, à deux pas du cours Mirabeau. Il doit assister à des joutes verbales entre tous ces nombrilistes qu'il exècre. Pour faire bonne figure, il fait quelques ronds de jambe, joue à épater la galerie par son érudition, mais il éprouve un profond ennui et s'évade par la pensée dans les clubs haschischins chers à Edgar Poe, Eugène Delacroix et bien sûr Baudelaire, avec lequel il entretient un dialogue secret qui nourrit ses fantasmes.

Lors de ces soirées mondaines, Jean Devivier finit par se persuader qu'il s'est trompé de siècle : il aurait dû vivre au temps des poètes maudits et gagner avec eux les paradis artificiels au lieu d'être au purgatoire dans l'antichambre de l'ennui. C'est sûr, à cette époque-là il aurait été célèbre car les hommes accédaient beaucoup plus facilement que les femmes aux honneurs, et celles-ci servaient au mieux de muse, au pire de faire-valoir.

Le professeur se demande comment Léonie aurait évolué dans cette fin de XIXe siècle, sans doute aurait-elle fait partie des courtisanes posant sur lui un regard admiratif… Il réalise qu'être devenu l'ombre de sa femme est ce qui lui fait le plus mal aujourd'hui.

Il n'en a pas toujours été ainsi. Lorsqu'ils se sont rencontrés, elle travaillait à la bibliothèque universitaire et lui, bien que plus jeune qu'elle d'une dizaine d'années, avait déjà en poche son doctorat et enseignait à l'université, ce qui forçait le respect.

Comme ils n'ont pas pu avoir d'enfants, Léonie a reporté son instinct maternel sur son mari, qu'elle a couvé comme une mère poule pendant les dix premières années de leur mariage. Cette attitude bienveillante n'a eu pour tout effet que celui d'émousser le désir de son homme, créant un sentiment de culpabilité infantile et faisant naître un conflit intérieur entre la pureté de l'amour et la bestialité sexuelle.

Leur vie de couple s'est par la suite dégradée rapidement et la publication du premier roman de sa femme, largement autobiographique, un succès littéraire dès sa parution, n'a pas arrangé les choses. La notoriété grandissante de Léonie le renvoyait à sa médiocrité, pensait-il, lui qui était incapable d'aller jusqu'au bout d'un projet d'édition. Son orgueil en avait pris un coup, il était devenu très irritable et insatisfait de lui-même, le revers du sentiment de toute-puissance qui l'animait au début de leur rencontre.

Aujourd'hui il sait qu'il a un besoin vital de son ange gardien, ses démons ont gain de cause quand il se retrouve seul ; Léonie le protège, et la crainte qu'il éprouve à son encontre est le meilleur garde-fou, c'est pourquoi il est toujours déstabilisé quand elle part pour quelques jours.

C'est ce qu'il veut pouvoir dire à sa femme ce matin sur le quai de la gare Aix-TGV, alors qu'il l'accompagne pour un départ imminent en direction de Paris où les organisateurs d'un grand festival littéraire en Seine-Saint-Denis l'attendent impatiemment. Seulement voilà, les mots restent coincés dans sa gorge, et c'est elle qui prend la parole :

– Écoute Jean, quand je reviens lundi, nous aurons une explication. Je ne suis pas dupe de tes frasques et cela te jouera un mauvais tour un de ces jours, et je ne te parle même pas de la honte que je pourrais avoir si cela vient à se savoir.

Jean détourne son regard du sien, baisse la tête et lui répond :

– Je ne vois vraiment pas ce que tu veux me dire, et moi, je ne cherche pas à savoir ce que tu fais quand tu es invitée à droite et à gauche dans tes salons. D'ailleurs, je trouve que tu es souvent en déplacement ces derniers temps et belle comme tu es, il y a sûrement plus d'un homme qui te tournent autour.

C'est vrai qu'elle est belle, ma femme, pense-t-il, elle a gardé sa silhouette de jeune fille tandis que j'ai doublé de volume… Elle est belle, mais elle est frigide, se rassure-t-il, alors pourquoi chercherait-elle une aventure, de toute façon le sexe, ce n'est pas son truc…

Léonie jauge de la tête aux pieds son mari : la sueur couvre son front, il a le regard fuyant, il n'est plus comme avant. Elle est persuadée qu'il lui cache des choses. Elle a découvert dernièrement qu'il devait de l'argent à un ami et l'ami en question lui a laissé entendre que son époux faisait appel à des prostituées dès qu'elle avait le dos tourné. Pour ne pas perdre la face, elle a prétendu être au courant arguant qu'ils étaient libres de leur corps, l'un comme l'autre.

Ce qui l'inquiète le plus c'est le métier exercé par son mari, un métier à risque car elle sait que de jeunes étudiantes sont prêtes à faire n'importe quoi pour arrondir les fins de mois.

– Ce n'est ni le moment ni l'endroit de parler de tout ça, mais je sais ce que tu fais quand je ne suis pas là, et à mon retour tu m'expliqueras ce qui se passe dans ta tête ou ailleurs pour te comporter comme un porc.

Le TGV sauve la mise, coupant court à leur discussion, et Jean Duvivier voit s'éloigner le train qui emporte sa femme en souhaitant au fond de lui ne plus jamais la revoir pour ne pas avoir à affronter une nouvelle discussion. Il sait pourtant bien qu'elle est sa colonne vertébrale et que sans elle il n'est qu'un pantin désarticulé.

Sur le chemin du retour, il est pris d'une panique folle, persuadé que son épouse est au courant de la soirée passée avec la jeune étudiante. Mais qui peut l'avoir informée si ce n'est Élodie elle-même ? Et maintenant que cette garce en a parlé à sa femme, pourquoi n'irait-elle pas porter plainte au commissariat ?

À l'instant où sa voiture entre sur le parking de la fac réservé aux enseignants, il opère un demi-tour, il veut savoir ce que cette fille a dit ou fait ; il est peut-être encore temps de limiter les dégâts, il lui proposera du fric pour qu'elle la boucle ou mieux encore il emploiera des méthodes d'intimidation.

Le professeur prend la direction du CROUS, car la plupart des jeunes boursiers ont leur logement par l'intermédiaire de cet établissement public ; il lui est facile de trouver un prétexte pour se procurer l'adresse de l'étudiante. Il sait ce qui lui reste à faire, il a le pouvoir de la faire taire.

Élodie se terre dans son deux-pièces de la rue Emeric David tout à côté du Palais de Justice. Depuis que Julie est venue la rencontrer au bar de La Rotonde, elle n'a plus mis le nez dehors de peur de croiser son agresseur. Elle n'est même pas sortie pour aller au resto U ou pour acheter de quoi grignoter ; son frigo est désespérément vide, et elle aussi.

Elle a l'impression de ne plus habiter son corps, juste de flotter au-dessus de lui. Un nénuphar sur un étang nauséabond. La même sensation que celle éprouvée un soir, quand elle s'était laissé entraîner dans une fête où les joints circulaient à gogo et où il était de bon ton de fumer pour ne pas se faire remarquer. Lucas s'était moqué d'elle, c'était lui qui avait insisté pour qu'elle fume. Il était si mignon avec ses grands yeux noirs et son visage d'une extrême finesse ; à vrai dire elle n'avait pu découvrir ses traits qu'à la lueur des bougies qui éclairaient le salon de leurs amis communs. Il n'avait eu aucun geste déplacé, n'avait pas cherché à l'embrasser, ce qui l'avait étonnée car elle avait l'habitude des garçons qui voulaient coucher dès le premier soir. Il s'était contenté de la regarder, un regard intense qui menait loin.

À la fin de la soirée, il avait voulu la raccompagner, prétextant qu'elle n'était pas en état de rentrer seule et à sa grande surprise il n'avait pas demandé à monter chez elle pour un dernier verre.

En le quittant sur le pas de la porte, elle s'était promis de ne plus jamais se retrouver sous l'emprise de drogue, ne plus recommencer ce genre d'expérience. Elle avait décidé de ne pas le revoir tout en acceptant de lui donner son numéro de téléphone. Au fond d'elle-même, elle demeurait intriguée par la douceur exquise qui émanait de ce garçon et par le sentiment de l'avoir déjà croisé quelque part.

Aujourd'hui elle est seule, et regrette un peu d'avoir laissé tomber Lucas avant même d'avoir eu une aventure avec lui ; sans doute ne se serait-elle pas livrée en pâture à son professeur comme elle l'a fait…

Depuis qu'elle mène une vie d'étudiante, Élodie aime sa liberté et a déjà eu plusieurs histoires sans lendemain ; bien sûr, elle n'a pas parlé de cela avec Julie car elle sait que son amie n'approuverait pas sa conduite. Elle s'est toujours sentie sûre d'elle, jouant de ses charmes pour obtenir certains avantages sans jamais mordre le trait cependant.

Avachie sur son canapé, elle essaie de relativiser ce qui lui est arrivé, tente de se rassurer en se disant qu'il y a sans doute pire et qu'elle n'a pas été violée, mais l'instant d'après elle est envahie par une sorte de torpeur et se laisse flotter avec le sentiment que rien ne peut désormais l'atteindre. Une chiffe molle, voilà ce que je suis devenue, je n'ai plus envie de rien, ni de manger, ni de boire. Juste dormir un peu pour que les jours défilent jusqu'aux vacances de la Toussaint.

Son mobile mis sur vibreur lui rappelle de temps en temps que son amie s'inquiète, mais elle n'a pas assez d'énergie pour lui répondre. Elle connaît par avance les paroles bienveillantes prononcées par Julie. Cela n'a aucune importance, ce serait peine perdue.

Lucas aussi essaie de la joindre, il veut absolument la revoir. Elle vient de recevoir un SMS d'Interflora l'informant qu'un bouquet de fleurs est en cours d'acheminement, elle est quasiment certaine qu'il est à l'initiative de cette commande et en temps normal cela lui plairait sûrement, mais elle n'a pas le cœur à batifoler, et aujourd'hui plus rien n'est normal.

Elle ne sait pas encore si elle ouvrira sa porte au livreur quand la sonnette retentira. Elle verra bien, pour le moment elle n'y pense pas et se trouve dans l'état d'un mollusque qui aurait quitté sa carapace. En dehors d'elle-même, oui c'est ça, en dehors.

Élodie peine à se tirer du canapé et essaie de faire le décompte des jours passés depuis la fameuse soirée sans y parvenir.

Devant le miroir de la salle de bain, elle ne reconnaît plus son visage. Elle a maigri, c'est sûr, ses joues sont creuses, mais c'est surtout le regard qui n'est plus le même. Son regard pétillant, enjoué… Ce salaud m'a volé mon insouciance, et je ne peux même pas le lui faire payer.

Machinalement elle brosse ses longs cheveux auburn et l'image de la main de son agresseur dans sa chevelure se reflète dans la glace.

Encore quelques jours avant de retrouver son amie.

Est-ce que Julie a parlé à son père ?

Élodie n'est pas sûre d'avoir assez de confiance en elle pour demander conseil au lieutenant de police. Et s'il lui demande de porter plainte ? Et si cela arrive à d'autres qu'elle ? Et si ce malade recommence ?

Au fond, à ce moment précis, elle s'en fiche. Terminer son année universitaire dans une autre fac, voilà ce qu'elle devra faire, mais est-ce possible et en a-t-elle envie ? Elle ne sait pas si elle va perdre son année, mais elle est sûre de ne plus retrouver son innocence.

Elle voudrait pouvoir parler de tout cela avec ses parents, mais en même temps elle souhaite les épargner, elle connaît les sacrifices endurés et les heures supplémentaires effectuées chez leurs employeurs pour payer ses études. Et puis, il y a la honte. Pourront-ils comprendre pourquoi leur enfant est tombée dans ce piège sordide ? Comment aura-t-elle la force de leur dire ce qu'elle ne peut formuler par peur que les mots l'éclaboussent comme une giclée de merde ?

Elle aime ses parents, mais elle a l'impression depuis qu'elle est en fac qu'elle et eux n'habitent plus le même monde. À chaque fin de trimestre quand elle rentre chez elle, Élodie a toujours un temps d'adaptation où elle doit réapprendre à communiquer avec eux. Ce sont des taiseux. Depuis toute petite elle s'est toujours entendu dire : « On ne parle pas pour ne rien dire. », et du coup elle a pris l'habitude avec eux de garder le silence, ne sachant pas si ce qu'elle avait à dire valait quelque chose. Dans le doute, elle ravalait ses mots pour plus tard, quand elle en connaîtrait le prix.

Heureusement, les gestes parlaient, même s'ils étaient parfois retenus, ils dévoilaient toujours l'affection qui les reliait : la main de sa mère passée furtivement sur son front pour rattraper une mèche rebelle juste avant de partir à l'école, un clin d'œil malicieux de son père quand un garçon venait la chercher en bas de l'immeuble pour aller boire un pot… Des petits riens qui en disaient long.

Chez Julie, c'est tout l'inverse. Ça barjaque, ça piaille, ça rit, ça pleure. Son père, par son métier de policier, sait faire parler les autres, sa mère orthophoniste répare ceux dont les mots sont écorchés. Élodie pense que son amie a une chance extraordinaire d'avoir des parents tels que les siens ; pour un peu, elle serait jalouse, si ces derniers n'avaient fait d'elle « la grande sœur ».

Dans ce moment de désarroi, elle sait qu'elle pourra trouver chez eux l'apaisement dont elle a besoin. Tout ce qu'elle demande c'est de pouvoir prendre un peu de recul pour comprendre ce qui lui est arrivé et savoir pourquoi elle se trouve dans cette impasse.

Juste avoir un moment de repos.

C'est le bouquet !

Aix-en-Provence, lundi 22 octobre 2018

Repos éternel… Âme en paix… Maintenant et à l'heure de notre mort… Les phrases prononcées par le prêtre pour la cérémonie d'enterrement dans l'église Saint-Jean-de-Malte d'Aix-en-Provence ricochent d'un mur à l'autre sans pouvoir atteindre leur cible : celle du chœur des fidèles en amitié, compagnons d'études d'Élodie assis sur les bancs froids de la cathédrale. Ils se sont installés dans le même ordre que sur leur rangée dans l'amphithéâtre de la fac de Lettres, laissant entre eux une place vide, pensant de manière irrationnelle qu'Élodie allait arriver un peu en retard comme à son habitude. Ils semblent l'attendre.

Au second rang, derrière la famille de son amie, Julie est assise entre ses deux parents qui la soutiennent. Les cernes bleus sous ses yeux disent ses nuits d'insomnies. Elle a noué ses longs cheveux en un sévère chignon sur la nuque et les plis amers au coin de sa bouche durcissent encore les traits de son visage dont la pâleur extrême révèle l'effroi qui l'habite.

Ainsi soit-il. Les sanglots qu'elle laisse enfin éclater déchirent le silence qui suit l'homélie du prêtre : non, il ne peut pas en être ainsi, pense-t-elle, tandis qu'elle sent monter en elle une rage plus forte que son profond chagrin. Elle ne croit pas un seul mot de tous ceux débités par celui qui officie. D'ailleurs elle ne croit pas, un point c'est tout. Son amie, elle ne la reverra plus jamais, et cette idée lui est insupportable. Comme lui est insoutenable la pensée de n'avoir pas su la protéger.

Bertrand et Lætitia, aussi, ont mal ; mal de voir le chagrin de leur enfant et mal d'avoir perdu Élodie qu'ils aimaient tendrement, une double peine. Le lieutenant laisse monter en lui une prière qui n'a rien de catholique : *Ô, mon Dieu, aidez-moi à retrouver le salaud qui a fait ça. Que cette ordure puisse expier ses fautes sur terre et finir en prison jusqu'à la fin de ses jours.*

Sur le parvis de l'église à l'angle de la rue d'Italie et de la rue Cardinale, les parents de la jeune victime reçoivent les condoléances ; ils se tiennent enlacés, dignes, et portent de grandes lunettes de soleil pour ne pas avoir à croiser les regards des uns et des autres. Le soleil, lui, n'a même pas osé pointer le bout de ses rayons ce matin et il a bien fait. Un vrai temps de Toussaint, gris et maussade, avec un léger souffle frais qui décroche une à une les feuilles jaunies d'un platane malade.

Tandis que Julie s'avance vers la famille, elle sent derrière son dos peser sur elle un regard insistant et en se retournant, elle voit la silhouette efflanquée d'un homme se tenant en retrait, un bonnet enfoncé jusqu'aux oreilles. Sans savoir vraiment pourquoi, sans doute parce qu'il ne fait pas partie du groupe d'étudiants agglutinés sur le trottoir, elle pense aux confidences de son amie, à la description faite de son énamouré qui semble correspondre à ce type curieux planté sur le trottoir. C'est sûrement Lucas, le mec qui tournait autour d'Élodie, un bref instant elle se demande si Élodie et lui se sont revus, mais au fond quelle importance maintenant ? Elle hésite quelques secondes : doit-elle aller lui parler ? Elle finit par renoncer à cette idée : il se consolera vite, pense-t-elle avec méchanceté. Elle se fiche bien de son chagrin et de celui des camarades de fac, ils perdent une copine, mais pour elle, rien ni personne ne pourra remplacer son amie, sa grande sœur.

Son père vient accrocher son bras sous le sien et lui murmure :

– Je t'en prie mon ange, sois courageuse, c'est terrible pour ses pauvres parents, il faut aller les embrasser, je sais que c'est difficile pour toi. Dis-toi une chose, je vais mettre toute mon énergie et mon savoir-faire pour arrêter cette pourriture et pour le voir croupir à perpète derrière les barreaux.

Aucun père ne devrait avoir à subir le regard implorant de sa fille dans un pareil moment. La voix étranglée par les sanglots, elle répond :

— Je sais papa, tu m'as déjà dit que ta chef s'est arrangée avec le commissaire de la brigade anticriminelle d'Aix pour que l'enquête soit menée conjointement avec vos équipes, mais faites vite, on a assez perdu de temps et tout ça aurait pu être évité si je t'en avais parlé avant.

— Oui, l'enquête est lancée et le procureur a approuvé notre demande, malgré tout, je ne peux pas te laisser dire cela, à ce stade des investigations il faut rester soucieux des procédures et ne pas brûler les étapes. Tu n'as pas à culpabiliser, du moins pas avant que le suspect pressenti soit arrêté et passe aux aveux.

Julie sait bien qu'elle ne doit pas poser de questions, secret d'instruction oblige, mais elle aimerait que son père puisse accélérer la manœuvre, car il ne devrait pas y avoir de place pour le doute. Rien ne semble avoir bougé depuis qu'elle a appris la mort de son amie, il y a une semaine.

Une semaine déjà. Bertrand repense au coup de fil adressé par son collègue de la brigade d'Aix, celui-ci était dans ses petits souliers pour lui annoncer qu'il s'était rendu, comme promis, au domicile d'Élodie Barles et qu'il était resté sur le cul en constatant que la jeune fille était morte. Il avait d'abord pensé à un suicide car il n'y avait aucune trace de violence dans l'appartement de l'étudiante, mais comme il s'agissait d'une mort suspecte, une autopsie avait été demandée pour connaître les causes de sa mort, et le corps avait été transporté à l'Institut médicolégal de l'hôpital de la Timone.

Le lieutenant entend encore le cri de désespoir poussé par Julie lorsqu'il lui a appris la nouvelle, elle tournait dans le salon en hurlant : « Ce salaud, ce détraqué, il l'a tuée ! » Il a bien essayé de la calmer en lui disant qu'il fallait attendre le résultat de l'autopsie avant de parler de meurtre.

Bertrand veut de toutes ses forces protéger son enfant, mais il sait qu'elle n'échappera pas aux nombreuses heures de témoignages pour devoir justifier l'injustifiable à savoir pourquoi Élodie Barles s'était jetée dans la gueule du loup et pourquoi elle n'avait pas porté plainte. Comment imaginer qu'un jour sa fille puisse être mêlée à ce genre d'histoire ? La simple idée que les flics de la brigade anticriminelle d'Aix puissent poser des regards goguenards sur sa petite le met hors de lui ; il connaît bien l'ambiance macho de son propre commissariat, dirigé qui plus est par une femme, aussi il ne se fait pas trop d'illusion sur le climat qui doit régner dans celui de la ville voisine, il se rassure en pensant que sa fille aura sûrement droit à quelques égards. D'une certaine manière, il n'est pas mécontent que les résultats complets de l'IML ne soient pas encore parvenus à la brigade, car pense-t-il, cela lui laisse du temps pour préparer sa fille à surmonter l'épreuve des déclarations à venir.

Lorsque le lieutenant s'approche des parents de la jeune victime pour présenter à son tour ses condoléances, il voit dans leurs yeux cette infinie détresse et se jure d'apporter une réponse à la question muette qu'il lit dans leur regard.

Le retour vers Marseille se fait dans un silence lourd de paroles qui ne sont pas dites. Par pudeur Julie étouffe les mots qu'elle voudrait prononcer pour dire son chagrin. Bertrand jette de temps en temps un coup d'œil furtif à sa passagère dont le visage inondé de larmes reste impassible. Lui non plus ne peut pas parler, le secret de l'instruction l'en empêche ; aussi est-il content de voir que sa fille ne lui pose pas de questions sur la décision du procureur d'accepter de confier l'enquête aux deux commissariats. *Sans doute Julie imagine-t-elle que j'ai suffisamment de pouvoir et de relations pour faire pencher la balance du bon côté, elle ne sait pas comment fonctionne notre système…* Il savoure l'admiration que lui porte sa fille, même s'il sait qu'il n'y est pas pour grand-chose : pour le procureur seuls les rapprochements entre les circonstances de la mort de Marion Varten et celle d'Élodie Barles sont déterminants pour accepter la double intervention de police, et les premiers rapports d'expertise sont formels.

Juste avant de déposer sa fille à la station de métro de la gare Saint-Charles, comme elle le lui a demandé, Bertrand apprend par Julie qu'elle croit avoir aperçu Lucas à l'enterrement.

Il regrette qu'elle ne l'en ait pas informé au moment opportun, mais ne lui fait aucun reproche car il sait combien elle est fragilisée par la mort de son amie.

Lorsque le lieutenant rejoint le commissariat, il est bien décidé à avoir une conversation avec sa chef car il pense qu'elle en sait plus que ce qu'elle a bien voulu lui en dire, compte tenu des liens privilégiés qu'elle entretient avec le docteur Jacques Laubier. À vrai dire, chaque fois que la commissaire rencontre le médecin sans lui, il se sent un peu écarté et il veut être sûr que la connivence nouvelle entretenue par ces deux-là ne viendra pas entraver la relation de complicité qu'il a su construire avec sa patronne au cours de ces cinq dernières années. Par ailleurs, il connaît la réputation de chaud lapin du légiste et il pense que si elle succombe à son charme elle peut se laisser embarquer dans une aventure la détournant de l'enquête en cours.

Son humeur est plutôt sombre quand il entre dans le bureau de Félicie Hoareau, mais comme à l'accoutumée, celle-ci l'éclabousse d'un grand sourire en lui disant :

– *Bonzhour ! Kosa i'la fé ?* Comment ça s'est passé ? Pas trop dur ?

– Pas facile, tu imagines. Il y avait beaucoup de jeunes, des étudiants comme elle… Et puis, les parents…

– Julie, ça va, elle a tenu le coup ?

– Ça ira mieux quand on aura arrêté l'assassin, elle culpabilise pas mal, je crois. Elle est restée dans son coin et n'a pu parler à aucun des amis d'Élodie, pas même à Lucas qui d'après Julie avait des vues sur son amie. Il est peut-être le dernier à l'avoir rencontrée, qui sait ?

Félicie fait une petite moue exprimant sa compréhension, il faut retrouver ce jeune garçon pour l'auditionner, elle en parlera au commissaire Arnault quand elle rencontrera ses collègues de la brigade anticriminelle d'Aix.

Bertrand coupe court aux pensées de sa chef et enchaîne pour lui éviter les paroles d'empathie :

– Et toi ? Qu'est-ce que ça a donné avec ton légiste ?

— Bien. Il a terminé son rapport et il y a de quoi faire. Si on ne connaît pas encore le mobile du crime, on peut déjà dire que le mode opératoire est le même. C'est surprenant. Mais tu ne veux pas qu'on mange un bout ensemble, pour parler de tout ça ? Je t'ai attendu.

Le lieutenant aurait bien fait l'impasse sur le déjeuner car après la cérémonie d'enterrement son estomac est noué, mais il sait que partager un repas avec sa chef ça ne se refuse pas. Pour elle, le plaisir de manger en compagnie augmente celui procuré par la bonne chère, et rien ne l'attriste autant que de s'attabler seule dans un restaurant.

Sans attendre la réponse de son adjoint, elle demande :

— *Kosa i manszh onz'ër ?*

Bertrand décroche son premier sourire, car il aime ce petit jeu qui les rapproche, et à la question « on mange quoi ce midi ? », il se contente de dire comme à chaque fois :

— Je sais pas moi, où veux-tu aller ?

Comme la commissaire fait mine de réfléchir, en bon petit soldat il s'entend dire :

— Et le resto des îles sur le cours Ju, t'en penses quoi ?

— J'en pense que cela nous changerait un peu !

Le *rougay* de poulpe est juste épicé comme il faut et les yeux brillants de Félicie en disent long sur le bonheur de faire partager la cuisine de chez elle. « *Sak i fo gouté* », lui dit-elle, de manière autoritaire en passant la commande… Après tout c'est elle la chef !

Entre deux bouchées et après s'être assurée que de longues oreilles ne traînent pas dans les parages, la commissaire entreprend de mettre au courant son coéquipier en lui rapportant les dernières informations révélées par le rapport d'expertise.

Si Bertrand sait déjà que la mort d'Élodie a été provoquée par l'inhalation d'un mélange d'huile de lavandin et de poudre de ricine, il ignore encore que de nombreux indices rapprochent ce meurtre de celui de Marion Varten.

Tout d'abord, Jacques Laubier a été formel : il n'y a pas eu de sévices sexuels ni de violence corporelle, et comme pour la première fois la victime a été bourrée de somnifères puis portée dans son lit. Une mort douce, en quelque sorte.

Ensuite, et ce sont là de nouveaux éléments, l'assassin a mis en scène son crime selon un même rituel : l'arme utilisée, un brûleur de parfum contenant de la ricine est semblable, et les mêmes éléments de décor se retrouvent dans les deux cas.

Félicie ménage un temps de suspense avant de continuer… Il est temps de passer au dessert, et comme elle garde le meilleur pour la fin, elle poursuit avec délectation :

— Et maintenant c'est le bouquet ! Oui, tu sais le bouquet ? Eh ! bien, la police scientifique a trouvé un bouquet de roses rouges sur la table basse devant le canapé du coin salon. Et sur la carte accrochée au papier cellophane, il y avait… Je te le donne en mille : un extrait de poème de Baudelaire.

Baudelaire… Le lieutenant frémit à l'évocation du nom du poète, puis se ressaisissant, il demande :

— Et ce bouquet, il vient d'où ? Je suppose que tu le sais aussi ?

— Interflora. On cherche à savoir qui a fait la livraison, si c'est la question que tu voulais me poser.

Un nez fin

Grasse, mercredi 31 octobre 2018

La question est simple à poser, mais Sophia Vassilios la tourne et retourne dans sa tête sans pouvoir la formuler. Et comment trouver la réponse lui permettant d'échapper au danger qui la menace si elle n'arrive pas à savoir ce qu'elle veut vraiment ?

Changer d'air est sans doute la meilleure chose à faire et l'idée de partir travailler en Grèce, son pays d'origine, lui trotte dans la tête depuis quelques mois. Depuis très exactement le début de l'imbroglio dans lequel elle s'est empêtrée. Ce soir, en rentrant à pied de son travail, elle est envahie par une sorte d'angoisse qui l'empêche de déglutir et elle sent battre frénétiquement son cœur contre la poitrine, à tel point qu'elle doit s'arrêter plusieurs fois avant d'atteindre son domicile.

Saluée par toute la profession des parfumeurs comme l'un des meilleurs nez de France, à quarante ans, la jeune femme n'a pas lésiné sur son temps d'apprentissage depuis le diplôme obtenu quinze ans auparavant. L'École Internationale de parfumerie à Grasse lui a permis de rencontrer des élèves venus du monde entier et elle a su garder des contacts avec de nombreux étudiants étrangers, dont une compatriote, Elena, qui vit et travaille à Athènes. Sophia sait qu'en se confiant à son amie celle-ci peut résoudre une partie du problème, et pourquoi pas lui trouver du travail en Grèce ; seulement voilà, la parfumeuse ne peut se résoudre à quitter le poste qu'elle occupe dans la prestigieuse usine Fragonard.

Elle est attachée viscéralement à ce bâtiment industriel du XIXe siècle situé au cœur de la ville historique de Grasse. Cette entreprise familiale fondée en 1926 par Eugène Fuchs est aujourd'hui dirigée par ses petites filles qui ont su préserver des liens de proximité avec leurs employés et leur donner le sentiment de vivre sous un même toit. Cette maison a une âme envoûtante, à l'image des tableaux du célèbre peintre, natif de la ville, duquel l'usine doit son nom.

Quitter Fragonard serait pour Sophia un déchirement, le même qu'elle a éprouvé lorsqu'elle a dû quitter son pays pour venir suivre à Montpellier les cours dans la section « Parfums, arômes et cosmétiques ».

Même si elle a eu quelques mois d'adaptation à son arrivée, elle s'est par la suite vite intégrée et ses années d'étude restent à jamais liées à la conquête de sa liberté ; loin de ses parents et de leur éducation empreinte de rigueur orthodoxe, elle a pu assumer une sexualité débridée laissant libre cours à ses préférences tantôt pour les garçons, tantôt pour les filles. Aujourd'hui encore son physique androgyne fait se retourner sur son passage les femmes et les hommes, il n'y a rien de plus excitant pour elle que de se sentir admirée par les unes et désirée par les autres. Elle est consciente de son étrange beauté avec sa longue chevelure d'un noir de jais qu'elle coiffe en une queue de cheval maintenue haute sur sa tête pour dégager son front altier et mettre en valeur ses yeux d'un vert jade sur une peau diaphane ne laissant en rien deviner ses origines grecques.

Allongée sur le canapé dans la pièce à vivre du bel appartement qu'elle loue sur la place aux Aires située tout près de son travail, elle réfléchit à tout ce qu'elle devrait mettre en œuvre si demain elle était amenée à quitter Grasse pour rentrer au bercail. Elle réalise combien elle est attachée à la petite maison qu'elle a achetée il y a cinq ans maintenant dans le village de Plascassier sur les hauteurs de la ville. Ce logis fort modeste est pour elle un pied-à-terre qui comme son nom l'indique lui permet de s'enraciner quand elle perd pied justement. De la fenêtre de sa chambre, la vue sur les plantations d'oliviers qui descendent en cascade argentée pour rejoindre la mer est un enchantement dont elle ne se lasse pas, et il lui suffit de grimper quelques marches pour apercevoir de sa terrasse tropézienne les champs cultivés de fleurs de jasmins et de roses de mai qui servent à la fabrication de parfum pour les maisons les plus prestigieuses ; les soirs de printemps, l'exhalaison des notes fleuries est une pure symphonie qui la fait vibrer jusque tard dans la nuit.

Ce havre de paix est un ancrage dont elle a besoin, et elle vient se ressourcer en solitaire tous les week-ends et à chacun de ses jours de congé, même si le confort de la maisonnée est beaucoup plus rudimentaire que celui du somptueux appartement qu'elle occupe à Grasse.

Quatre semaines par an, au gros des récoltes florales, elle loue son habitation, par l'intermédiaire d'une agence immobilière, à des cueilleuses employées pour la saison, ce qui lui permet de diminuer ses charges, mais c'est toujours pour elle un arrachement et elle se dit chaque année que c'est la dernière fois qu'elle se prive ainsi de son refuge. Elle est bien décidée à ne pas renouveler l'expérience en mai prochain, si elle est toujours là, d'autant qu'au printemps dernier les problèmes rencontrés avec les trois filles colocataires de son appartement l'ont confortée dans l'idée de ne plus faire entrer chez elle des personnes qu'elle ne connaît pas.

Elle repense à cette histoire, au printemps dernier, dont au fond elle ne sait pas grand-chose, sinon qu'il y a eu un soir une dispute assez violente entre les trois filles, provoquant des dégâts dans le salon servant de pièce commune, notamment sur de très beaux vases en poterie chinés chez un antiquaire à Mougins.

Les éclats de voix, sans doute aussi importants sinon plus que les éclats de verre et autres projectiles, ont dérangé les voisins qui dès le lendemain matin ont alerté l'agence immobilière. L'avantage d'une telle location saisonnière réside dans le fait qu'elle peut être interrompue d'un jour à l'autre, c'est ce qui s'est effectivement passé après le constat des dégradations.

Aujourd'hui elle relativise l'incident d'une certaine façon, sachant que parfois à quelque chose malheur est bon : cette mésaventure lui a permis de rencontrer Florence.

Sophia revoit avec précision le jour où, il y a six mois maintenant, la jeune cueilleuse a poussé la porte du laboratoire dans lequel elle exerce son métier de nez. La parfumeuse était assise devant son orgue, telle une musicienne, ayant pris soin de disposer auparavant tous les flacons d'essence nécessaires à la création d'un nouveau parfum : autant de touches à caresser, laissant libre cours à son inspiration pour trouver l'accord parfait entre les notes fleuries, les notes fruitées, les nuances chyprées ou boisées.

L'art de composer un parfum est un savoir-faire qui exige concentration et silence, ce qui n'est pas toujours compatible avec les nombreuses visites organisées dans l'usine Fragonard qui certes favorisent le merchandising, mais entravent parfois le processus de création. Les dirigeantes de l'entreprise l'ont bien compris et elles ont réussi à banaliser quelques jours dans la semaine en interdisant l'accès au laboratoire pour respecter le travail de leur nez.

C'est pourquoi Sophia, occupée ce jour-là à construire une architecture olfactive en cherchant la fragrance de la note de cœur composant l'âme du parfum, fut surprise de voir débouler dans son atelier une petite furie arrivée les poings tout faits. Elle ne sut jamais comment Florence avait pu passer au travers des contrôles de sécurité, mais elle se souvient très bien encore de leur premier dialogue :

– Bonjour, c'est vous Sophia Vassilios ? Vous étiez ma proprio jusqu'à ce jour car depuis ce matin vous m'avez foutue dehors et je ne sais pas où crécher cette nuit.

La parfumeuse cessa son travail et regarda la jeune cueilleuse de la tête au pied scannant au passage son air désinvolte, plantée devant elle sur de solides jambes enserrées dans un jean déchiré sur la cuisse. Le regard noir de la fille était un laser attisé par la colère. Sophia garda son sang-froid :

– Vous êtes ?

– Qu'est-ce que ça peut foutre, je suis Florence Cantarelli, et après ?

Par la suite, il avait fallu faire descendre la pression et l'odeur dominante de fleur d'oranger qui flottait dans la pièce a sans doute fort heureusement contribué à adoucir le climat, mais c'est surtout la grande maîtrise de Sophia, obtenue grâce à la pratique assidue du yoga, qui avait réussi à neutraliser l'agressivité de sa visiteuse. D'une voix très douce, elle lui avait demandé :

– Et les autres filles, est-ce qu'elles ont trouvé une solution pour se reloger ?

– J'en sais rien, elles peuvent faire ce qu'elles veulent, elles sont pleines de thunes, ce sont des étudiantes qui bossent rien que pour se mettre des fringues de marques sur le cul, moi je bosse pour bouffer. Je m'en fais pas pour elles, à l'heure qu'il est elles sont sans doute peinardes installées à l'Auberge Provençale qui est à l'entrée du village.

Les paroles hachées de la jeune femme traduisaient l'émotion qui semblait avoir remplacé sa colère. Si l'origine du conflit demeurait inconnue, la cueilleuse avait de toute évidence était évincée par les deux autres filles.

Aujourd'hui encore Sophia ne sait pas pourquoi elle a tendu la main à cette fille déboussolée, est-ce par crainte de représailles, par empathie ou tout simplement pour se débarrasser d'elle ? Elle se souvient bien cependant que son souhait le plus cher à ce moment-là était de la voir quitter le labo sur le champ et retourner dans le sien. Une manière comme une autre de l'envoyer sur les roses... Elle s'entend encore lui dire :

– Écoutez, Florence, je crois que je vais pouvoir vous aider, mais en ce moment vous devriez être à la cueillette et votre patron peut s'offusquer de votre absence. Je viendrai vous retrouver ce soir à Plascassier à la sortie du domaine où vous êtes employée...

En regardant sa montre, la cueilleuse lui avait répondu :

— Il est 15 h et c'est trop tard maintenant, je sais même pas s'il y a un bus qui remonte au village.

Sophia est sûre qu'à cet instant précis Florence avait été prise de panique à l'idée de se retrouver de nouveau jetée sur le trottoir, d'ailleurs elle se souvient du tremblement dans sa voix étouffée lorsqu'elle avait quémandé :

— Est-ce que je peux rester là, dans l'atelier, pour vous attendre ? Je ne broncherai pas et vous laisserai effectuer votre travail en toute tranquillité. Je veux juste vous regarder.

Ce changement d'humeur en si peu de temps avait étonné la parfumeuse et elle s'était demandé comment on pouvait passer aussi vite d'une fougue belliqueuse à une placidité proche de la soumission. Sophia a eu par la suite maintes fois l'occasion de vérifier le caractère versatile de celle qui allait devenir son amie.

Ce jour-là, trois heures s'étaient écoulées pendant lesquelles la locataire éconduite était restée assise face à elle sans la quitter des yeux et Sophia n'est pas près d'oublier l'expression inquiète de son regard qui parfois se chargeait de mélancolie.

Aussi bizarre que cela puisse paraître, cette après-midi-là, le nez de Fragonard avait eu de grandes inspirations et la formule tant recherchée depuis des mois avait pris corps ; la présence de cette étrange fille émettait de drôles de vibrations dans l'air se mêlant à celles procurées par les effluves des essences manipulées par la parfumeuse.

Le regard aimanté que Florence fixait sur elle agissait, elle en est sûre maintenant, telle une force inconnue propice à une rêverie mélancolique nécessaire à la création. Elle n'avait jamais fait de séance d'hypnose, mais à y repenser, Sophia se dit que ce qu'elle avait vécu était sans doute de nature proche : dans le silence de la pièce aux murs blancs, les mémoires intimes des deux femmes, que deux décennies séparaient, semblaient se rejoindre.

La parfumeuse eut par la suite l'occasion de vérifier que la présence de la jeune fille à ses côtés était source d'inspiration et décuplait sa créativité.

C'est sans doute pour cette raison qu'en raccompagnant la cueilleuse dans le village de Plascassier, Sophia fit un détour par le mas de Maoui, pour rencontrer les propriétaires cultivateurs de roses et de jasmins. Par chance, il leur restait une chambre parmi celles mises à disposition pour les saisonniers et ils acceptèrent de la louer pour une somme fort modique qui ne se justifiait que par le respect et l'admiration qu'ils portaient au nez de Fragonard.

Sophia ne sait vraiment pas pourquoi elle repense à tout cela en cette fin de journée, cette rencontre remonte à plusieurs mois maintenant.

Lorsqu'elle s'aperçoit que l'heure de son cours de yoga approche, la jeune femme n'est plus sûre d'avoir envie de quitter le canapé douillet dans lequel elle s'est recroquevillée. Elle sait bien que les exercices de respiration profonde lui font le plus grand bien et sont essentiels pour son métier, pour autant elle n'a pas le courage de ressortir et surtout, sans se l'avouer, elle craint de devoir emprunter les ruelles désertées par les touristes dès la tombée de la nuit.

La menace qui plane sur elle se fait plus pressante au fur et à mesure que la soirée avance, elle sait que tôt ou tard elle va devoir regarder la réalité en face, se confronter à celui qu'elle redoute, avec le risque, demain, de perdre tout ce qu'elle a su construire, à commencer par la solide réputation et la confiance de la maison Fragonard.

Ce soir, elle ne sortira pas, elle doit s'atteler à chercher une issue à l'impasse dans laquelle elle s'est fourrée et pour cela elle va commencer par mettre dans sa tête les mots en ordre de bataille.

Changer l'eau des fleurs

Marseille, vendredi 26 octobre 2018

Avant même d'avoir pu mettre dans sa tête les mots en ordre de bataille, Vincent est devancé par le docteur Martinier qui l'interroge :

– Que vous est-il arrivé ? Pourquoi avez-vous loupé deux séances ? Nous avions convenu qu'en cas d'empêchement vous deviez me prévenir, non ?

À tout prendre, Vincent préfère encore ce ton de reproche plutôt que la voix mielleuse empruntée habituellement par le psychiatre pour s'adresser à son patient. Il ne supporte plus la neutralité bienveillante de ce type, parce que dans la vraie vie, il y a toujours un moment où on laisse parler ses émotions, pense-t-il.

Lorsqu'il est entré dans le cabinet du médecin, il ne s'est pas assis face à lui ainsi qu'il le fait à chaque consultation ; il s'est planté devant lui et s'il l'avait pu, il se serait hissé sur la pointe des pieds, histoire de le dépasser de deux têtes.

Il n'est pas mécontent de dominer ce petit bonhomme qui tripote nerveusement l'agenda qu'il tient entre ses mains et il perçoit l'irritation du docteur. *Je l'agace. Pour être psy, il n'en est pas moins homme !*

Vincent ne croit pas à l'empathie que lui témoigne Martinier, il pense qu'elle est purement et simplement hypocrite. *Si j'étais à sa place, j'aurais pété un câble depuis belle lurette face à un zigoto comme moi !*

Le comportement du soignant à son égard lui remémore l'attitude de son père qui a toujours évité la confrontation avec ses enfants. Depuis son plus jeune âge Vincent l'a toujours vu courber l'échine devant ses patrons et accepter toutes les humiliations sans broncher. Petit fils d'immigrés espagnols, Raymond Rodriguez porte en bandoulière la culpabilité et trimballe partout avec lui la peur de se faire remarquer. Il ne veut pas d'histoire ni avec les voisins ni avec sa famille et laisse volontiers sa femme régler les problèmes à la maison. C'est elle qui porte la culotte et elle ne se prive pas de rabaisser son époux chaque fois qu'elle le peut, le traitant de ventre mou et de couille molle devant sa progéniture. À sa majorité, Vincent s'est tiré de chez lui car il n'arrivait plus à regarder son père en face : il le rêvait en coq et se rendait compte que c'était une poule mouillée. Aujourd'hui quand il retourne, de temps en temps, becter chez ses vieux et qu'il retrouve son frère et sa sœur créchant encore dans le nid familial, il ne parle de rien, fait comme si.

Depuis le début de sa thérapie imposée par la justice, il a l'impression que le docteur Martinier n'a pas d'aspérité, comme son père. Rien pour pouvoir s'accrocher, se tenir. Vincent a décidé d'en dire le moins possible, de rester à la superficie des choses, d'être lisse. Les séances lui donnent la sensation de jouer au chat et à la souris, avec la désagréable impression d'être bien souvent la souris entre les pattes du gros matou. Il attend avec impatience d'être libéré de la contrainte de ces rendez-vous stériles.

Pourtant là, debout dans le cabinet du psy, il ressent pour la première fois la nécessité de faire de son médecin un allié : il sait qu'il a besoin de son soutien face à la justice.

— Ce n'est pas comme cela que nous allons avancer, poursuit le médecin, en loupant des rendez-vous, vous retardez notre travail ; pour autant j'imagine que vous n'avez qu'une hâte, c'est d'en finir et vous devez attendre avec empressement votre dernière séance pour vous sentir libéré de vos obligations.

— Je dois être maso !

— Pourquoi cela vous fait-il sourire ?

— Je souris pas, je grimace.

Quelques instants de silence, puis Vincent se jette à l'eau :

— Si je vous ai demandé de me recevoir en urgence, c'est parce que j'ai des ennuis.

Ça, je m'en doute, pense Thierry Martinier qui, le matin même, a reçu un coup de fil de la commissaire du 1er arrondissement lui demandant une entrevue au sujet de son patient. Il feint cependant la surprise :

— Oui ?…

Ben oui, puisque je te le dis, tu peux me croire, maugrée Vincent en lui-même, ulcéré par les interrogations minimales de son psy qui ont l'art et la manière de le stresser un max. Il ne laisse rien voir de ses sentiments et adopte le ton le plus mièvre possible :

— Oui, j'ai besoin de savoir ce que j'ai fait dans la nuit du 3 au 4 octobre, il y a un officier de police qui me colle aux basques, un crime a été commis et le flic m'a fait passer un interrogatoire prétextant que j'étais la dernière personne à avoir vu la victime avant sa mort. Je n'ai rien à lui dire, moi, la fille je ne la connaissais pas, je lui ai livré un bouquet de fleurs le soir, juste après être venu chez vous pour ma séance. Après je ne sais plus ce qui est arrivé, mais à 4 h du matin je vous ai appelé sur votre mobile, non ?

— Oui.

Mais encore ? pense Vincent en singeant les questions du psy ; il sent monter en lui une rage folle qu'il essaie tant bien que mal de contenir ; d'une voix doucereuse, il demande :

— Pouvez-vous me dire ce que j'ai laissé comme message sur votre répondeur ? Je n'ai aucun souvenir de ce qui s'est passé cette nuit-là.

Le docteur Martinier profite du face-à-face pour le regarder droit dans les yeux en lui demandant :

— Aviez-vous pris de l'alcool ou de la drogue dans la soirée précédant votre appel ? C'est important de savoir où vous en êtes dans vos consommations excessives, vous n'en parlez jamais, il est important que je vous entende à ce sujet.

— Si je ne dis rien, c'est que je crois que cela ne concerne que moi. Mais si vous voulez tout savoir, je suis abstinent depuis ma condamnation.

— Bien.

Vincent soutient le regard du psychiatre, avec sa cicatrice, il a l'habitude d'être dévisagé. Le docteur poursuit :

— Il semble que lorsque vous m'avez téléphoné vous n'étiez pas sous l'influence d'alcool ou de drogue : votre voix était claire, les mots n'étaient pas bredouillés, même si la phrase prononcée était des plus saugrenues.

Le docteur Martinier ménage le suspense quelques secondes avant de continuer :

— Je n'ai pas effacé votre message et je peux vous assurer qu'il m'a surpris, comme il peut vous surprendre aussi, vous pouvez l'écouter si vous le souhaitez. Voilà.

Joignant le geste à la parole, le psychiatre pose son portable sur le bureau, met le haut-parleur et Vincent s'entend dire : « Pourriez-vous lui demander de changer l'eau des fleurs ? »

Il reste médusé sans pouvoir prononcer une parole. Le docteur reprend :

— Avouez qu'il y a de quoi être étonné, non ? Je connais votre métier et j'ai d'abord songé que vous vous étiez trompé de numéro, mais par la suite j'ai pensé que pour avoir une telle préoccupation à 4 h du matin il ne faut pas être dans son état normal. J'en ai déduit que lesdites fleurs manquaient peut-être d'eau, mais que votre soirée, elle, devait être arrosée… À moins que…

Il invite d'un signe de tête son patient à s'asseoir tout en lui suggérant :

— Je crois que nous sommes prêts pour reprendre notre travail.

Pour la première fois depuis le début de sa thérapie, Vincent quitte le cabinet avec la sensation de sortir d'un rêve dont il aurait oublié en grande partie le déroulé. Il se laisse flotter et remonte le boulevard Chave d'un pas lent sans porter attention aux passants qu'il croise, oubliant même son infirmité. Le goût salé sur ses lèvres lui fait prendre conscience qu'il chiale et il n'est pas en mesure de comprendre s'il pleure sur son malheur ou si ce sont des larmes de trop-plein qu'il déverse. Une lame de fond arrivée d'il ne sait où. Sans doute de loin, très loin, là où ses digues le retenaient.

Une demi-heure plus tard, Vincent s'installe à la terrasse d'un bistrot dans le quartier du Chapitre, en haut de la Canebière, face à l'église des Réformés. Il esquisse un sourire car le nom de « Réformés » donné par les Marseillais à l'église Saint-Vincent de Paul lui sied comme un gant : aujourd'hui il veut tourner la page, entamer un nouveau chapitre et se « réformer » ou plutôt se reformer… Tiens, pense-t-il, le docteur Martinier peut être fier de moi, je commence à décortiquer les mots !

Il commande une pression, avec un zeste de liberté, a-t-il envie de rajouter au serveur, jouant pour lui-même avec les métaphores. La première gorgée est une coulée de miel, il a tant espéré pouvoir de nouveau connaître ce plaisir sans pour autant en être esclave. Va-t-il enfin pouvoir remporter ce combat livré contre lui-même ? Il doit apprendre à vivre avec ses démons et pense qu'il va pouvoir les dompter. Maîtriser sa consommation d'alcool est un premier défi qu'il lance comme une bouteille à la mer…

Vincent sait que sa reconstruction passe aussi par l'acceptation de son handicap, il lui faut reprendre confiance en lui et ne plus avoir peur du regard des autres. Accepter d'être dévisagé par une femme, cela doit pouvoir s'envisager sans qu'il y ait mort d'homme, se dit-il ironiquement pour se donner du courage.

Il se répète les mots qui pansent ses blessures, ceux qu'il est enfin arrivé à dire à son psy, et tandis qu'il récite à mi-voix son mantra, il déplie le morceau de papier froissé sur lequel Leïla a écrit son prénom et son numéro de téléphone.

Le temps de connexion lui semble interminable.

Lorsqu'elle décroche, Leïla reconnaît tout de suite la voix de celui qui est au bout du fil, elle attend son appel depuis lundi dernier. Elle est heureuse de l'entendre et se demandait pourquoi il ne lui donnait pas signe de vie. Oui, elle veut bien le revoir, mais pas avant début novembre car elle doit s'absenter pour plus d'une semaine, elle ne peut pas lui expliquer maintenant les causes de son départ, elle est dans un train, impossible de lui parler trop longtemps…

La voix de Vincent tremble sous le coup de l'émotion :

– C'est moi Vincent, tu vois qui je suis, c'est bien si tu vois, parce que moi, il y a des jours où je sais plus qui je suis. Une semaine, c'est long, on peut se téléphoner entre-temps ? Non ? Bien sûr que je serai là à ton retour, enfin, je crois… Tu m'appelles dès que tu rentres, j'ai besoin de toi. Je t'entends plus, ça va couper…

Plus de réseau, elle est peut-être sous un tunnel, mais ça ne va pas durer. Un court instant, il se demande où elle va, peut-être part-elle rejoindre son mec ? Il chasse assez vite cette pensée, préférant se dire qu'elle quitte Marseille pour des vacances, c'est ça, elle se paie des vacances. Elle part en vacances, ce n'est donc pas une SDF.

Dans quelques jours elle revient et elle veut bien le rencontrer de nouveau. C'est juste ce qu'il veut entendre.

Sa chope est à moitié vide et c'est sans doute la première fois qu'il trouve son verre à moitié plein. Il prend son temps pour siroter sa bière, il n'en commandera pas une deuxième. C'est l'heure de l'apéro et les places sont chères dans le petit troquet, le barman lui jette un coup d'œil chaque fois qu'il passe devant sa table, espérant bien qu'il lui fasse signe. Boire ou dégager, il faut choisir. Vincent s'en fiche, il n'est pas pressé.

Dans le train qui l'emmène à Calais, Leïla essaie de se concentrer sur les notes posées sur la tablette. Elle a pris du retard et elle compte sur ces heures dans le TGV pour se mettre à jour.

Sa vue se brouille et elle pense à Vincent. Vincent, c'est joli comme prénom, elle ne savait pas jusque-là quel était son nom, il avait été incapable de le lui dire la nuit où ils s'étaient rencontrés.

Une chose est certaine, ce garçon n'est pas comme les autres. Les marginaux, le milieu de la nuit dans la mégapole marseillaise, elle commence à en avoir l'expérience : il n'en fait pas partie, elle en est sûre.

Elle ne sait rien de lui, mais la souffrance et le mal-être qu'il a révélés pendant les étranges heures où elle l'a côtoyé l'ont profondément émue et elle a l'impression de le connaître depuis la nuit des temps.

Elle se remémore leurs paroles, mais plus encore elle réécoute leurs silences, et c'est cela qui la trouble le plus. La façon dont il s'est blotti contre elle, un oisillon tombé du nid.

Ce matin-là sur la jetée, elle aurait bien demandé au soleil de se lever un peu plus tard pour pouvoir garder ce grand escogriffe auprès d'elle.

Le foulard bleu

Marseille, lundi 29 octobre 2018

Pouvoir le garder encore un peu, le temps de vérifier son emploi du temps pour les nuits où les deux crimes ont été commis, voilà ce qu'il conviendrait de faire. Le jeune officier de police de la brigade d'Aix hésite cependant : Jean Devivier est un grand ponte de l'université et le policier craint de faire une bourde ; le professeur dit avoir de sérieux alibis.

Le lieutenant Jérôme Briscat est d'autant plus embarrassé qu'il ne sait pas quelle peut être la réaction de son chef face à cette situation ; le commissaire Arnault est actuellement injoignable, absent pour un séminaire de trois jours à Strasbourg. Il doit aussi reconnaître qu'aucune jeune étudiante n'a jamais porté plainte contre l'enseignant, et il n'a pas trouvé la moindre trace d'une main courante déposée par quiconque à son sujet. Après tout, le seul témoignage à son encontre vient de la fille du lieutenant Schiappani, et celle-ci ne fait que rapporter des propos confiés par la victime quelques jours avant son assassinat.

L'officier fixe droit dans les yeux Jean Devivier assis face à lui dans la salle d'interrogatoire. Celui-ci a le regard fuyant et le front couvert de sueur, si les questions continuent à pleuvoir sur lui, il ne sera bientôt plus qu'une grosse flaque ; son visage est violacé et le policier redoute qu'il fasse une apoplexie, il ne manquerait plus que ça !

Le professeur se liquéfie surtout en pensant à sa femme, il ignore si elle est au courant de son interpellation et il redoute ses réprimandes et plus encore son humiliation. Lundi dernier, quand elle est revenue de son séjour en Seine-Saint-Denis, il lui a sorti le grand jeu pour ne pas avoir à affronter la discussion réclamée : il l'a attendue sur le quai de la gare, un bouquet de fleurs à la main et l'a tout de suite conduite dans l'un des meilleurs restaurants de la ville, en ayant pris soin de réserver une table en milieu de salle. Il n'a pas choisi un coin intime comme à leur habitude, c'eût été propice aux confidences et le message était clair, il n'avait aucune envie de se mettre à table. Il s'est contenté d'écouter sa femme lui parler des succès rencontrés auprès de ses lecteurs, elle est intarissable ; le soir ils sont rentrés fatigués et chacun s'est endormi de son côté. Il sait bien pourtant que ce n'est que partie remise et que tôt ou tard elle remettra le couvert.

En une heure Jean Devivier a déjà demandé plusieurs fois d'une voix geignarde : « Est-ce que ma femme va être mise au courant de cet interrogatoire ? » et le policier n'a pas jugé bon de le rassurer, certain que les besoins de l'enquête nécessiteraient à un moment ou un autre d'entendre son épouse.

Ne sachant s'il peut en l'état actuel des choses déclencher une garde à vue, Jérôme Briscat décide, en l'absence de son patron, de téléphoner à Félicie Hoareau, la commissaire marseillaise co-enquêtrice sur cette affaire de meurtre.

Bertrand Schiappani sait qu'il ne doit pas déranger sa chef lorsqu'un petit foulard bleu entoure la poignée de la porte de son bureau, une manière comme une autre pour la commissaire de ne jamais fermer sa porte à clé. Elle fait confiance à son adjoint, elle sait qu'il fera respecter la consigne et qu'il filtrera ses coups de fil. De toute façon les gardiens de la paix filent doux lorsqu'ils aperçoivent le bout de tissu car ils ne veulent pour rien au monde provoquer la colère de la Mère supérieure.

Assise à son bureau, Félicie relit pour la énième fois les vers du poème de Baudelaire trouvés sur la petite carte accrochée au bouquet de la dernière victime :

« Voici venu les temps où vibrant sur sa tige
Chaque fleur s'évapore ainsi qu'un encensoir ».

Cette fois-ci elle n'a pas eu besoin de faire des recherches pour identifier « Harmonie du soir », cette poésie belle et triste à la fois, apprise sur les bancs de son collège à Saint-Paul. Elle pourrait encore la réciter dans son intégralité car elle fait partie de ses préférées parmi celles de l'œuvre du poète. À voix haute, elle déclame la première strophe, faisant vibrer chaque mot à l'image des fleurs sur leur tige.

Pourquoi le meurtrier a-t-il choisi cet extrait ? Ce n'est sûrement pas un hasard, il veut peut-être nous mettre sur la voie. La commissaire laisse vagabonder son esprit dans un état proche de la méditation où les pensées défilent sans que rien ne les arrête. Des images religieuses surgissent en correspondance avec les objets évoqués dans le poème : « encensoir », « reposoir », « ostensoir ». Elle se laisse bercer un moment par l'harmonie des sonorités lancinantes, ferme les yeux et appelle la petite fille en robe blanche, nattes brunes serrées sur la tête. L'odeur d'encens envahit son bureau et elle entend, venus de bien loin, les chants religieux des messes du dimanche dans son île natale quand toute la famille Hoareau astiquée comme un sou neuf s'amassait sur les bancs de la petite église. Entre fulgurance et bribes de rêves Félicie remonte le fleuve, sur la rive se tient Cerbère son gardien, en la personne de Bertrand Schiappani : il surveille les allées et venues et n'autorise personne à venir troubler les eaux profondes dans lesquelles nage sa patronne.

« Voici venus les temps où … » L'injonction biblique revient à sa mémoire et agit comme une gifle : quelle est donc la prophétie conjurée par l'assassin ? Se prend-il pour un démiurge ?

Elle ne veut pas réfléchir, cela viendra plus tard, dans ce moment précis elle aspire seulement à pouvoir lâcher prise et se remplir de sensations jusqu'à satiété.

Elle s'entend entonner avec sa voix d'enfant un chant religieux catholique enfoui dans sa mémoire, ressurgi sans raison apparente :

« Chez nous, Soyez reine, nous sommes à vous
Régnez en souveraine, chez nous, chez nous
Soyez la madone qu'on prie à genoux
Qui sourit et pardonne chez nous, chez nous. »

Pourquoi cette prière à la vierge Marie s'invite-t-elle ainsi dans son bureau ? Il y a bien longtemps que Félicie ne prie plus, elle a vu dans son métier trop d'injustices et d'horreurs.

Qui est cette madone qui sourit et pardonne ? *Oussa i sort* ? D'où sort-elle ? Qui est cette femme ?

Quel lien entre les poèmes de Baudelaire et les meurtres survenus à quelques jours d'intervalle ?

La commissaire retarde le moment d'ouvrir la porte, elle se trouve dans cette situation singulière où cohabitent dans son cerveau confusion et clairvoyance.

Pa bezoin ou la per, n'aie pas peur, se répète-t-elle comme une litanie dans sa langue maternelle, tandis qu'en écho lointain la voix de sa grand-mère s'accorde à la sienne. Granmer Azalie est morte il y a maintenant plus d'une dizaine d'années, mais elle avait un lien fort avec sa petite fille. Elle vivait près de Sainte-Rose, dans un village retiré dont les coulées de lave du Piton de la Fournaise ont recouvert les pentes douces qui mènent à la mer. Son jardin potager, qui lui tenait tant à cœur, était une désolation après l'irruption, mais c'est surtout la perte des plantes, cultivées dans le plus grand secret, qu'elle déplorait. La grand-mère maternelle de Félicie était guérisseuse et les Réunionnais venaient de l'autre bout de l'île pour se faire soigner ; elle avait des méthodes particulières pour soulager les maux physiques ou psychologiques de ceux qui lui rendaient visite. Félicie sourit tendrement à cette sorcière bien-aimée qui a échappé au bûcher et lui a transmis quelques-uns de ses dons. Aujourd'hui encore les incantations de Granmer s'invitent parfois dans ses rêves, et au réveil elle est saisie d'une étrange impression de fascination.

La commissaire inhale l'odeur d'encens qui flotte dans les nimbes de sa boite crânienne et peu à peu l'effluve devient celui de l'essence de lavandin la transportant dans la chambre de Marion Varten, sur la scène de crime. Elle erre en fantôme quelques instants à la recherche d'une trace que seul son subconscient peut trouver.

Personne ne l'a invitée à entrer dans cette pièce maléfique, elle se surprend à réciter un extrait de poème de Baudelaire :

« Toi qui comme un coup de couteau

Dans mon cœur plaintif est entrée »

Un cœur plaintif. C'est cela, pense-t-elle. Puis elle se reprend : un assassin est un assassin.

Lorsqu'elle ouvre enfin la porte du bureau après avoir noué le foulard bleu autour de son cou, madame la commissaire ne peut pas vraiment dire combien de temps a duré son voyage intérieur, mais à voir les airs de soulagement des membres de son équipe, elle imagine que cela doit se compter en heures.

Bertrand fait d'abord un point sur les urgences, parmi lesquelles celle de la mise en garde à vue de Jean Devivier. Il insiste auprès de sa chef afin qu'elle encourage la brigade d'Aix à retenir l'agresseur pour le mettre hors d'état de nuire, mais il sait que ce n'est pas chose facile car tout repose uniquement sur le témoignage de Julie.

Depuis l'enterrement d'Élodie, il ne se passe pas un jour sans que sa fille lui demande, avant même qu'il ait franchi la porte d'entrée : « Alors ? ». Alors rien, devra-t-il lui répondre une fois de plus, car visiblement Félicie Hoareau n'est pas favorable à l'idée de garder plus longtemps Jean Devivier entre les murs du commissariat ; selon elle, c'est plus judicieux de le laisser en liberté pour surveiller ses allées et venues en attendant de vérifier ses alibis.

Le lieutenant est visiblement très inquiet, il fait remarquer que les deux jeunes victimes avaient le même âge que sa fille et qu'elles étaient aussi étudiantes comme elle.

— Alors ? demande sa patronne.

— Alors, rien ! Je dis ça, je dis rien.

Bertrand se tait, il a bien compris qu'il ne faut pas mêler vie professionnelle et familiale, même si cet exercice n'est pas des plus simples.

La commissaire reprend :

— Effectivement, pour le moment nous n'avons pas beaucoup d'éléments qui nous permettent de rapprocher les deux meurtres, sinon le mode opératoire, ce qui n'est pas rien. Ta fille ne connaissait pas Marion Varten et à ce stade de l'enquête nous n'avons pas encore établi quel type de lien les victimes avaient entre elles, si tant est qu'elles en aient eu un. A-t-on avancé sur les habitudes, les loisirs et amitiés de Marion Varten ? Il va falloir croiser les informations en notre possession avec celles que nous fourniront les enquêteurs de la brigade d'Aix, ils vont devoir passer au peigne fin les témoignages recueillis et bien évidemment celui de Julie aura toute son importance.

Les deux sous- officiers chargés de l'enquête rendent leur rapport : rien de bien significatif, la victime n'avait apparemment pas de petit ami et on ne lui connaissait pas de fréquentations dans la cité phocéenne où elle venait à peine de s'installer. Les investigations auprès des voisins ne sont pas non plus concluantes : personne dans l'immeuble n'a entendu de bruit dans la nuit du 3 au 4 octobre. On le savait déjà, disent les policiers, mais on a voulu en être sûrs et on a testé l'isolation phonique de l'appartement de Marion Varten, un vrai gruyère, et pourtant personne n'a rien entendu, c'est à croire qu'ils sont tous sourds dans cet immeuble ! C'est quand même étonnant.

Ils poursuivent leur compte-rendu : les voisins ont confirmé que la petite était très réservée, bonjour-bonsoir, pas plus, et ils ne l'avaient jamais vu monter avec un petit ami, même pas avec une copine. En revanche, le locataire habitant le rez-de-chaussée a rapporté un fait étrange.

Hubert et Julien échangent un bref regard, le temps de décider lequel des deux continuerait le récit :

– Alors voilà, le voisin du rez-de-chaussée a vu lundi dernier, en milieu d'après-midi, un mec qui n'avait pas l'air bien tranquille : il est resté plus d'une heure, assis sur les marches de la porte d'entrée, même qu'il bloquait le passage. Sans trop savoir pourquoi le locataire en question a eu la bonne idée de prendre une photo avec son mobile… Et pas de doute, regardez, c'est bien Vincent Rodriguez, le livreur, une pareille gueule ça ne court pas les rues !

La commissaire coupe Julien dans son élan :

– Et alors ? L'assassin revient toujours sur les lieux de son crime, c'est ça que vous voulez nous dire ?

Le sourire mi-figue mi-raisin de leur chef refroidit l'ardeur du jeune sous-officier qui en rangeant son mobile tente une remontée au filet :

– C'était lundi dernier, le 15 octobre, le jour où le livreur a été entendu dans nos locaux.

C'est le moment que choisit le lieutenant Schiappani pour renchérir :

– Puisqu'on parle du loup… Je dois vous communiquer une information à son sujet : j'ai demandé que le portable de Vincent Rodriguez puisse nous indiquer la géolocalisation de son utilisateur à tout moment et…

Bertrand racle sa gorge pour faire durer l'effet d'annonce :

– Savez-vous où se trouvait notre livreur dans la soirée du 17 octobre, date où Élodie Barles a été tuée ?

Félicie Hoareau connaît la réponse car elle a déjà été mise au courant par son adjoint, mais elle lui laisse le soin d'informer ses collègues :

– Il était à Aix-en-Provence, il a passé un coup de fil à la fleuriste, sa patronne, dans l'après-midi, puis il a appelé sa sœur Lauriane en début de soirée, et devinez où il se trouvait ? Sur la place du palais de Justice, tout près de la rue Émeric David, là où habitait Élodie Barles.

– On avance, on avance ! dit la commissaire, vous avez fait du bon boulot.

Aucun de ses hommes ne l'entend cependant murmurer pour elle-même : *Pa bezoin kour vitman komesa.* Félicie Hoareau sait pertinemment que les indices les plus significatifs se trouvent dans les premiers jours d'enquête ; maintenant rien ne sert de se précipiter.

Simple comme un coup de feu

Calais, vendredi 2 novembre 2018

Rien ne sert de se précipiter. Leïla Hichem est persuadée que cela ne serait pas judicieux d'écourter son séjour à Calais, elle a toujours eu horreur de laisser les choses en plan, et si elle rentrait demain à Marseille elle ne pourrait pas faire l'économie d'un aller-retour dans les semaines qui suivent, pour terminer ce qu'elle a à faire dans le Nord.

Certes, la commissaire Hoareau lui a bien fait comprendre que Vincent Rodriguez, placé en garde à vue, réclamait à cor et à cri sa présence ; il semblait s'être mis dans de sales draps et il attendait sûrement qu'elle lui serve de couverture. Elle n'avait pas l'intention de se défiler, elle viendrait rencontrer les officiers de police marseillais et espérait bien que son témoignage apporterait un éclairage sur la personnalité du présumé coupable car elle avait des informations importantes à communiquer.

Sa décision est prise : elle rentrera dimanche 4 novembre comme prévu et se rendra disponible dès le lendemain, elle habite Rue d'Aubagne tout près de l'hôtel de police de Noailles, ce qui lui facilitera la tâche.

Leïla jette un coup d'œil à sa montre, 18 h 30, trop tard sans doute pour appeler le commissariat afin de caler le rendez-vous. Elle verra ça demain.

La jeune femme lisse ses longs cheveux d'un noir d'ébène, cela lui prend un temps infini car il y a toujours une mèche frisée qui refuse de se laisser aplatir. Le sourire fugace envoyé à son image dans le miroir dit toute sa détermination pour apprivoiser sa chevelure rebelle ; encore quelques minutes pour parfaire son maquillage, deux traits de khôl sur les paupières de ses yeux bruns veloutés et elle est fin prête pour filer à son rendez-vous.

Elle aimerait bien ne pas y aller seule car elle trouve les rues de Calais sinistres, et lorsqu'elle quitte son hôtel il fait déjà nuit noire. Ce n'est pas demain la veille qu'elle sortira au bras d'un chevalier servant, pense-telle, pour cela il faudrait qu'elle accepte la protection d'un homme et pour le moment, son âme de Saint-Bernard en fait fuir quelques-uns. Elle ne sait pas vraiment pourquoi elle a toujours besoin d'avoir une attitude protectrice envers ceux qu'elle pense être fragiles, *c'est inscrit dans mes gènes, mais bon, il va bien falloir que j'apprenne aussi à lâcher prise et à accepter de me faire cocooner.*

Ses réflexions la ramènent à son étrange rencontre avec Vincent, elle ne sait pas grand-chose de lui, mais elle a tout de suite senti qu'il avait besoin de protection, elle n'avait jamais rencontré dans sa vie un homme aussi vulnérable et ce qu'il lui avait confié l'avait bouleversée, même s'il y avait eu beaucoup d'incohérences dans ses propos, elle avait su deviner son désarroi.

L'autre jour, dans le train, elle n'avait entendu que des bribes de conversations, mais elle avait bien compris que Vincent souhaitait la revoir et elle n'avait rien contre car ce garçon l'émouvait.

Elle sait intuitivement qu'ils ne doivent pas s'emballer, ils ont tous les deux encore pas mal de chemin à faire chacun de leur côté. En attendant, leur prochaine rencontre pourrait avoir lieu à l'hôtel… de police. Ce n'est pas forcément le meilleur plan, se dit-elle, le commissariat du 1er arrondissement n'est pas a priori l'endroit le plus romantique de Marseille…

Elle remonte le boulevard du 8 Mai qui la conduit à sa destination, la pluie fine et froide dégouline sur son imperméable et elle rage intérieurement car la capuche ne protège qu'à moitié la coiffure chronophage. Sur les trottoirs, les Calaisiens ne semblent pas gênés par le crachin qui colle à la peau de la cité, et Leïla pense à sa ville, Marseille où la pluie ne cesse de s'abattre depuis quelques semaines provoquant des dégâts considérables, en particulier dans le centre ancien où elle vit.

Elle se demande comment elle va retrouver son appartement, dont les murs avant son départ étaient déjà imbibés d'eau de pluie ; son propriétaire a beau lui répéter depuis des mois qu'il va s'en occuper, elle ne voit rien venir. D'ailleurs, sa décision est prise, en rentrant, elle enverra son préavis, quittera son logement et trouvera refuge chez son frère, prêt à l'héberger le temps qu'elle trouve un logement digne de ce nom.

À Aix aussi, la pluie ne cesse de tomber depuis deux jours, le moral des Provençaux est en berne ; l'audimat de la diffusion de la météo locale est à la hausse, mais grimpe moins vite que le pessimisme ambiant.

En ville, les rares habitants qui mettent le nez dehors ne parlent que de dérèglements environnementaux et de fin du monde. Un automne diluvien succède à l'été caniculaire, sans doute le soleil fait-il mauvaise figure, vexé d'avoir été tant décrié pendant la saison chaude : il a attiré les foudres et maintenant il faut faire avec.

Jean Devivier se fiche pas mal de l'urgence climatique et sa seule urgence est celle d'arriver à échapper aux foudres de sa femme quand elle va savoir qu'il a été convoqué chez les flics.

Il tourne comme un ours en cage dans son appartement, fait parfois un arrêt à la fenêtre et les stries verticales dessinées par la pluie barricadent les vitres de la prison dorée dans laquelle il se trouve. Il regarde tout en bas la petite fontaine sur la place d'Albertas, elle déverse son trop-plein sur les pavés ; il songe qu'elle a bien de la chance, il aimerait pouvoir se répandre aussi, mais il garde tout en lui et il finira par imploser.

Il est maintenant convaincu que la police va interroger sa femme pour vérifier leur emploi du temps. Il est inquiet car il a donné le nom de deux amis pour servir d'alibi, et il est sûr qu'ils laisseront par quelques remarques échapper l'affaire auprès de son épouse, car les amis en question sont d'abord les courtisans de Léonie ; elle a su faire le vide autour de lui, maintenant il n'a plus personne pour l'aider : son créancier n'a-t-il pas vendu la mèche dernièrement à propos de l'utilisation de l'argent qu'il lui avait prêté ?

Les heures tournent, lui se retourne sur son passé, ce qu'il a fait n'est pas joli, joli… Sa femme ne lui pardonnera jamais et d'ailleurs aura-t-il seulement le courage de passer aux aveux ? Léonie va être salie, elle le quittera, il ne peut pas vivre sans elle.

Ses pensées semblent couler de source, mais la boue qu'elles charrient le fait patauger dans la fange, laissant une empreinte nauséabonde qui, il en est sûr, le trahira un jour ou l'autre s'il ne prend pas la décision qui sauvera leur honneur.

Une grosse merde, voilà ce que je suis devenu, se dit-il, je ne mérite pas de continuer à vivre, pour une fois dans ma vie je dois trouver le courage : celui d'en finir.

La solution est là, simple comme un coup de feu, celui qui éclatera dans sa tempe tout à l'heure.

Jean Devivier est étrangement calme maintenant, calme et déterminé. Il fait défiler les images du passé devant lui et attrape au vol les instantanés de bonheur, celui des jours d'avant la pluie. Ces bribes de vie, il veut les emporter avec lui pour qu'elles éclairent ses ténèbres.

Il revoit Léonie assise devant son bureau de bibliothécaire, elle lui tourne le dos, sa gracieuse nuque penchée sur un ouvrage. Il venait tous les jours à la B. U. sans se soucier des sourires ironiques des étudiants qui se doutaient bien qu'il y avait anguille sous roche. Combien de semaines s'étaient écoulées avant que l'un des deux ne prononçât une phrase ? Lequel des deux avait interpelé l'autre ? Lui, sans doute, elle était si timide à cette époque-là… Il ne se souvient plus des premières paroles échangées, mais il a dans sa tête la musique de sa voix, douce et limpide. Il est d'abord tombé amoureux des vibrations sorties de ses cordes vocales, c'était étrange, mais il lui avait semblé alors que le chant harmonieux qu'elles émettaient s'adressait à son âme et non pas à son cerveau. Tu me parleras encore, dis, là où je vais aller ? s'entend-il dire à sa femme.

Il se souvient aussi des premiers regards que sa femme posait sur lui, il se voyait à travers elle et l'admiration qu'elle lui portait lui donnait le sentiment d'exister pleinement, d'être quelqu'un de bien, d'être, tout simplement.

Et puis, il y a eu les mots, ceux que Léonie inventait exprès pour lui. Ce furent des douceurs infinies qu'elle lui offrit dans l'intimité de leur chambre compensant sans doute la jouissance sexuelle qu'elle ne pouvait atteindre. Lorsqu'il a retrouvé ces mêmes mots, couchés sur les pages des premiers romans de Léonie comme jetés en pâture aux lecteurs, ce fut une trahison qu'il n'a jamais pu lui pardonner : il s'était senti dépossédé d'un trésor qui le constituait.

Ne plus penser à tout cela, réussir sa mort, voilà ce qui compte quand on a raté sa vie.

L'envie de se suicider l'a traversé dès qu'il a été entendu par la police, il sait qu'il ne pourra plus donner le change auprès de celle qu'il continue à aimer d'une force qui n'a d'égale que la crainte qu'elle lui inspire.

Ce soir, dans le silence de son appartement, il a sorti le fusil de chasse de son père qu'il gardait comme une relique dans le placard du vestibule, il a même retrouvé dans un tiroir la boite de munitions pour gros gibiers, il sait qu'une seule décharge lui explosera le visage. Pendant les deux jours qui ont suivi sa sortie du commissariat, il a échafaudé plusieurs plans pour mettre fin à ses jours, il s'est informé par internet et a finalement choisi l'arme à feu car c'est encore la méthode qui présente le taux de mortalité le plus élevé.

Sa femme, absente depuis une semaine pour une tournée de séances de dédicaces en librairies organisée par son éditeur, rentrera demain matin. Il n'ira pas la chercher comme à son habitude à la gare d'Aix TGV. À son retour, elle trouvera son cadavre dans leur chambre.

Il pense devoir lui expliquer son geste afin qu'elle ne vive pas avec un sentiment de culpabilité. Lui laisser une lettre. Mais comment confesser ce que lui-même ne peut pas s'avouer ? Comment lui dire toute la laideur de son être intérieur, ses misérables addictions au sexe qui le conduisent à sa perte.

S'il décide de mourir, c'est justement parce qu'il ne veut pas affronter la vérité, il veut cacher ses actes répréhensibles.

Jean Devivier n'a jamais été aussi lucide qu'en ce moment pour analyser les tourments qui l'assaillent. *Jusqu'à ma dernière heure, je suis incapable de choisir entre parler ou me taire à jamais. Qu'importe ce qu'il adviendra quand je ne serai plus là, et je n'ai de comptes à rendre à personne.* Il décide en dernier lieu de laisser un mot d'adieu sans donner d'explications sur son acte, ainsi chacun pourra bien dire la sienne !

Penché sur la page vierge, il pense à Baudelaire, il a été le compagnon de sa vie, son frère d'errance, le retrouvera-t-il quelque part dans les nimbes lumineux, ou plus certainement dans les ténèbres de l'enfer ?

Alors, avec sa belle écriture, il couche sur le papier une strophe d'un poème des « Fleurs du mal » dont le titre « L'irréparable » contient tout son désespoir :

« Peut-on illuminer un ciel bourbeux et noir ?
Peut-on déchirer les ténèbres
Plus denses que la poix, sans matin et sans soir,
Sans astres et sans éclairs funèbres ?
Peut-on illuminer un ciel bourbeux et noir ? »

Il connaît ce poème par cœur, comme bien d'autres, et en écrivant ces quelques vers il imagine le poète maudit en proie aux remords ; une dernière fois leurs vies se fondent en un jeu infini de miroirs.

Il va accomplir le geste fatal que Baudelaire n'a pas eu le courage de faire. Il va faire éclater son visage et pulvériser dans un fracas funeste les mille images fragmentées qui sont logées dans sa tête et qui ne le quitteront qu'à son dernier souffle.

Il sait pertinemment qu'il va obliger Léonie à regarder l'irregardable. Quand elle ouvrira la porte de leur chambre, le spectacle d'effroi auquel elle sera confrontée la marquera à tout jamais et l'empêchera de l'oublier, la privant d'un deuil possible. Quelque part, il emportera avec lui une partie de l'être aimé, s'assurant d'être éternellement regardé, même avec épouvante.

Tu vas me voir dans les crudités de mes chairs éparpillées, mon visage sanguinolent en lambeaux, mes yeux sortis de leurs orbites, et tu seras forcée de reconnaître sans avoir à le nommer le mal qui m'étreignait au plus profond de mon être. Regarde-moi, je t'en prie, regarde-moi et vois comme je suis obscène : la monstruosité de mon visage n'est que l'infime partie de l'iceberg qui cache celle de mon âme.

Avant de s'emparer du fusil de chasse et de se rendre dans la chambre, Jean Devivier jette un dernier coup d'œil autour de lui pour vérifier que tout est en ordre, c'est une habitude que le couple a prise dès le début de leur mariage : ne jamais partir sans s'être préalablement assuré que chaque chose est à sa place.

Une dernière formalité reste à accomplir, le professeur s'assoit encore un instant à son bureau, respire puissamment l'odeur d'encaustique du meuble fraîchement ciré, et consigne ses dernières volontés, formalisant son souhait d'être enterré à Eguilles dans la plus stricte intimité dans le caveau familial aux côtés de sa chère maman. D'une main tremblante, il rajoute : ni fleur ni couronne.

Quelques instants plus tard, la violence de la détonation n'a d'égale que celle de l'horreur provoquée par la vision du cadavre disloqué de Jean Devivier allongé sur le sol, baignant dans une flaque de sang. Sa boîte crânienne déchiquetée laisse à nu les masses de tissus cérébraux suintant sur le carrelage ; l'enchevêtrement des veines et des vaisseaux capillaires témoigne de la violence du tir qui rend méconnaissable le visage du professeur.

Jean Devivier a réussi son coup, il a pu réconcilier l'extérieur et l'intérieur de son être en mettant en conformité son physique avec son mental. Il s'exhibe en étalant au grand jour dans l'obscurité de la chambre sa monstruosité, ainsi qu'il avait pu la ressentir tout au long des dernières années d'une existence en lambeaux.

Léonie n'aura pas à subir cette vision de carnage, demain matin quand elle rentrera, le corps de son mari aura déjà été transporté au service de médecine légale pour autopsie. Ce vendredi 2 novembre, jour des Morts, à 21 h, les voisins de l'immeuble ont alerté la police, surpris par la violente détonation.

Effroyable contretemps

Marseille, lundi 5 novembre 2018

Une détonation sourde, un ciel déchiré qui se fait une place entre deux blocs d'habitations effondrés, des linceuls de poussière recouvrant les décombres. 9 h 5, le quartier Noailles bascule dans l'horreur : le 63 et le 65 de la rue d'Aubagne sont ventres à l'air.

Le bruit étouffé se fait à peine entendre dans la salle d'attente du commissariat du 1er arrondissement où Leïla doit être reçue par la commissaire.

Elle n'a pas dormi de la nuit et a écouté les craquements inquiétants venus des murs et plafonds de son appartement, confortant son idée d'envoyer dès ce lundi la lettre de préavis à son propriétaire ; elle est maintenant bien décidée à quitter son logement avant même le terme échu.

Ce matin, elle a croisé dans la cage d'escalier le petit garçon qui tous les jours à la même heure prend le chemin de l'école ; tiens c'est vrai, les vacances de Toussaint sont terminées a-t-elle pensé.

Le temps d'un petit détour pour aller poster son courrier et boire un deuxième expresso vite fait, elle a rejoint l'hôtel de police avec un quart d'heure d'avance, ce qui lui permet de se concentrer sur les paroles qu'elle va devoir prononcer tout à l'heure.

Trouver les mots justes pour témoigner fait partie de son métier, Leïla est journaliste et vient d'intégrer depuis quelques mois un quotidien national dont elle assure la correspondance pour Marseille. L'enquête qu'elle mène sur les jeunes migrants dans les villes portuaires l'a conduite à rencontrer d'autres confrères du Nord-Pas-de-Calais. Les interviews, réalisées auprès d'associations et collectifs œuvrant pour faire appliquer les droits de prise en charge des mineurs qui vivent dans la rue, lui ont prouvé que d'un bout à l'autre de l'hexagone la situation est la même : les pouvoirs publics ne peuvent faire face et suivre les ordonnances de placements en foyer prononcées par le juge pour enfants. Trop de jeunes migrants sont abandonnés et livrés à la rue, leur vulnérabilité et leur isolement en font des proies faciles. C'est d'ailleurs cette enquête menée sur le parcours migratoire des jeunes mineurs à Marseille qui l'a placée sur le chemin de Vincent Rodriguez, cet oiseau de mer perdu venu s'ébrouer dans son giron la fameuse nuit du 3 octobre.

Si écrire est un exercice qu'elle pratique avec brio, il n'en est pas de même pour s'exprimer oralement, et elle a beau tourner sept fois la langue dans sa bouche avant de sortir une phrase, elle a toujours le sentiment qu'elle est trahie par sa parole. Leïla sait qu'il ne sera pas simple de sortir Vincent du pétrin dans lequel il s'est fourré. Elle donnerait sa main à couper tellement elle est sûre qu'il ne peut pas avoir commis de crime, il n'a pas l'étoffe d'un meurtrier, il ne faut pas être expert auprès des tribunaux pour se rendre compte que ce pauvre garçon, complexé par son infirmité, a un besoin d'amour grand comme une montagne. La salle d'attente de l'hôtel de police se remplit peu à peu et chacun s'observe du coin de l'œil.

La porte du bureau de Félicie Hoareau s'ouvre avec fracas, toute son équipe, rassemblée depuis 8 h pour la réunion hebdomadaire sort en trombe et passe devant Leïla sans même la calculer. Seule la commissaire prend le temps de lui dire :

— Alerte générale, rentrez chez vous, je vous recontacterai plus tard, deux immeubles viennent de s'effondrer rue d'Aubagne.

Leïla ne rentrera pas, elle n'a plus de chez elle. Elle n'a pas besoin de demander des détails sur la catastrophe, elle entend encore les gémissements de son appartement moribond qui ont duré toute la nuit, en ce moment elle devrait être elle aussi sous les décombres si…

Elle reste seule assise sur le banc dans le hall, appuyée dos au mur pour ne pas s'écrouler. Elle sait qu'elle vient de tout perdre en quelques minutes, mais elle n'a pas perdu la vie ; je suis une miraculée, pense-t-elle. Les visages de ses voisins passent devant ses yeux brouillés de larmes et une haine froide monte en elle : *cela devait arriver…* La phrase tourne en boucle dans sa tête, ponctuée par les mots injurieux qu'elle adresse aux propriétaires, ces connards d'assassins, et aux pouvoirs publics, ces pourritures qui ont fermé les yeux jusque-là. Leurs yeux, elle voudrait leur faire fermer à tout jamais comme le sont ceux des victimes enfouies sous les gravats… Des envies de meurtre et l'impossibilité de se dresser, aimantée à son siège par une sidération encore jamais éprouvée.

Elle sanglote en pensant au petit garçon parti à l'école ce matin, et si sa maman était encore à la maison quand la tragédie s'est produite ? Comment ce petit bout d'homme pourra-t-il se reconstruire ? L'école lui a sauvé la vie, mais sa maman qui l'a mis au monde ne le verra peut-être pas grandir à cause de la cupidité de ceux dont la seule priorité est de tirer un maximum de profit de la misère sociale. L'insouciance de l'enfant, pulvérisée dans la poussière grise du désespoir, sera alors enterrée à tout jamais sous les décombres.

La jeune journaliste est anéantie par le chagrin et l'horreur, mais elle sait qu'elle n'a pas le droit de se laisser abattre, elle est une survivante et ses forces reviendront pour aider les proches des victimes : elle se battra pour que tombent ceux qui s'octroient tous les droits sur la vie des pauvres gens.

Ses pensées la ramènent à Vincent, elle était venue ce matin pour voler à son secours, et c'est lui qui d'une certaine manière lui a sauvé la vie. Dans ce moment de désespoir, elle veut y voir un signe du destin.

À quelques dizaines de kilomètres du quartier Noailles, l'humeur dans les bureaux de la brigade anticriminelle d'Aix a la couleur grise des pluies automnales. Le commissaire Arnault, comme tous les lundis, tire une gueule de six pans de long. Lors de la réunion d'équipe, chacun en a pris pour son grade, et le jeune lieutenant qui avait eu la charge d'interroger Jean Devivier n'a pas été épargné, loin de là !

Il faut dire que depuis le suicide du grand ponte, tous les flics sont sur le pont : la bourgeoisie de la cité provençale est en émoi ; l'affaire de mœurs pour laquelle l'éminent professeur avait été entendu n'a fait l'objet d'aucun écho médiatique mise à part sa nécrologie, fort élogieuse au demeurant, suggérant que *l'Honnête Homme* était peut-être atteint d'une maladie incurable, ce qui expliquerait son geste de désespoir.

La notoriété de Léonie joue en la faveur de son pauvre mari que le ridicule a tué. Elle a accusé le coup après avoir rencontré les officiers de police et a agi afin de faire en sorte que rien ne puisse transparaître de la vie glauque de son époux.

En ce sens Jean Devivier a bien établi son plan, pour défendre leur honneur sa femme le protégera à jamais, il peut dormir tranquille, elle restera muette comme une tombe.

Le commissaire Arnault est d'autant plus furieux que l'innocence du maître de conférences aurait pu être prouvée : les traces d'ADN relevées dans la chambre d'Élodie Barles ont parlé et ce ne sont pas celles du professeur ; les analyses de la police scientifique suivent leur cours car l'ADN examiné ne figure dans aucun fichier. Les enquêteurs poursuivent leur travail dans le laboratoire ; depuis quelques années l'exploitation de nouveaux marqueurs leur permet d'établir un profil du suspect à partir des traces laissées sur place. Ces techniques révolutionnaires leur donnent la possibilité, en observant certaines régions caractéristiques de l'ADN, de déterminer une couleur d'yeux ou une couleur de cheveux particulière, de même qu'elles sont capables d'indiquer le sexe et l'origine de la personne. Ce procédé de pointe a toutefois ses limites car il ne permet pas d'identifier le présumé coupable, malgré son portrait-robot génétique, si celui-ci n'est pas connu des services de police. Le commissaire Arnault sait que les résultats complets de l'analyse ne sont pas prêts à lui être transmis car l'étude prend du temps ; cependant, les premiers retours du labo ont déjà réorienté l'enquête en écartant la piste de Jean Devivier.

Les alibis ont aussi apporté leur témoignage, innocentant leur ami, assurant que le professeur avait passé la soirée à faire un tournoi de bridge avec eux. Le problème c'est qu'ils ont été entendus le jour-même où le professeur s'est donné la mort ; cela n'a pas manqué de les laisser perplexes, certains d'entre eux connaissaient bien les mœurs douteuses de Jean Devivier et savaient qu'il vivait dans la hantise d'un scandale et dans la crainte que sa femme découvre le pot aux roses.

Un effroyable contretemps, des lenteurs administratives, sans doute un mort sur la conscience… Le patron de la brigade d'Aix est écumant, il ne mâche pas ses mots en s'adressant à son adjoint :

— Je ne quitte jamais la baraque, pour une fois que je pars trois jours en stage, tu te démerdes pour mener un interrogatoire comme un manche, acculant l'accusé au suicide.

Jérôme Briscat ravale sa colère : le chef, il commence à le connaître, il faut toujours qu'il ait un bouc émissaire quand les choses ne vont pas comme il le souhaite. Il ne répond pas ; d'ailleurs que pourrait-il dire sinon qu'il n'a pas pu joindre son supérieur et qu'il aurait préféré recevoir un ordre pour mettre Jean Devivier en garde à vue, l'empêchant ainsi de faire une connerie.

— Maintenant, poursuit le patron, nous n'avons pas avancé d'un iota sur ce meurtre, et en plus nous devons nous coltiner la commissaire Hoareau qui tire sur tout ce qui bouge, c'est-à-dire sur rien, car il n'y a rien qui bouge !

Briscat opine du chef en guise d'approbation, c'est vrai quoi, après tout c'est bien la patronne des flics marseillais qui lui a conseillé de ne pas déclencher la procédure de garde à vue, il n'aurait pas dû lui demander son avis…

Il hausse le ton, histoire de se donner un peu d'assurance :

— Ils n'ont qu'à se bouger le cul à Marseille, ils ont un suspect sous la main non ? Que disent les traces d'ADN ?

— Inconnues au bataillon, rien de compatible avec nos fichiers. L'assassin, si tant est qu'il s'agisse de son ADN, n'est pas connu des services de police.

— Alors le livreur de fleurs est mis hors de cause aussi ?

— En tout cas, nous ne pouvons retenir aucune preuve formelle contre lui, même s'il se trouvait à Aix le soir de l'assassinat d'Élodie Barles.

— C'est une étrange coïncidence, il faut bien le reconnaître… Ce qui est bizarre aussi c'est que sur place, dans les deux cas, on ne retrouve aucun ordinateur ou téléphone mobile, cela laisse à penser que le meurtrier efface toute trace de communication qu'il aurait pu avoir avec ses victimes avant leur assassinat. Sans doute les connaissait-il ?

— Oui, il y a bien d'autres choses qui paraissent étranges encore, car comment expliquer toute cette mise en scène pour accomplir l'acte fatal ? Ne serait-il pas plus simple de faire absorber le poison plutôt que de le faire brûler avec des huiles essentielles, puis de le faire inhaler par la victime, ce qui nécessite d'endormir la personne auparavant… Pourquoi faire simple quand on peut faire compliqué ?

Le commissaire garde un temps de silence, avant de reprendre :

— Ce n'est pas la première fois que nous avons du fil à retordre avec un criminel, celui-là m'a tout l'air d'un détraqué, un esthète satanique… Si ce n'est pas malheureux de savoir que de pareils désaxés courent les rues.

Dehors, la pluie et le vent rivalisent, redoublant d'efforts pour savoir qui des deux aura le dernier mot. Les deux officiers de police se taisent, perdus dans leur pensée. Le commissaire doit faire un rapport pour ses supérieurs, cela fait maintenant plus de quinze jours que le crime de la rue Emeric David a eu lieu et l'enquête est au point mort. La logique voudrait qu'Arnault passe voir son alter ego à Marseille, la commissaire Hoareau, avant d'attaquer la rédaction de sa note, cela donnerait sûrement un peu d'épaisseur à son compte-rendu. Seulement voilà, la coopération ce n'est pas son fort, et chacun sait que dans la police les divisions n'additionnent que très rarement leurs forces, ce qui multiplie les risques de voir les enquêtes s'éterniser.

Après avoir distribué le planning de la semaine à chacun de ses hommes, il regagne son bureau aussi sombre que son humeur. Un rapide calcul pour envisager sa fin de matinée : a-t-il le temps de rédiger son rapport d'ici midi ou appelle-t-il sa secrétaire pour mettre à jour son agenda et caler ses rendez-vous, dont celui qu'il doit prendre pour rencontrer Félicie Hoareau ?

10 h : il ouvre son ordinateur, sur son écran apparaît un communiqué du préfet informant toutes les forces de sécurité de la région de la tragédie qui vient d'endeuiller Marseille.

Quartier Noailles… le commissaire sait que l'hôtel de police que dirige son homologue a pignon sur rue face aux habitats indignes, et pour avoir fréquenté ces rues du centre ancien, il sait comme des centaines de milliers de personnes le savent aussi que cela devait arriver : *c'est une honte, cela n'a pas de nom…*

Lorsque le patron de la brigade sort de sa stupeur, il prend conscience que les besoins en renfort pour venir au secours des victimes et pour éviter que d'autres immeubles s'écroulent vont être incommensurables.

Plus rien, dans les tâches qu'il devait accomplir dans la matinée, ne lui paraît urgent. *Je n'ai pas su éviter le suicide d'un présumé coupable, mais je n'aimerais pas être à la place de ceux qui sont responsables de la mort attendue de ces pauvres habitants : il est des catastrophes naturelles, mais celle de la rue d'Aubagne n'est pas dans l'ordre des choses, les enquêteurs marseillais devront déterminer qui sont les coupables.*

Il décide d'appeler en fin de journée Félicie Hoareau en l'assurant de son soutien, il tentera de la tranquilliser au sujet de leur enquête, il fera de son côté tout son possible pour poursuivre les investigations, il va devoir interroger les petits amis de la victime, une jolie fille comme ça....

Quant à leur rencontre, il rassurera la commissaire, elle a plus urgent à traiter et le rendez-vous peut être retardé, ce n'est plus un problème.

Un doigt dans l'engrenage

Grasse, jeudi 8 novembre 2018

Retarder un peu le rendez-vous avec sa patronne n'est pas un problème car depuis toutes ces années de collaboration avec la maison Fragonard, Sophia a réussi à gagner l'entière confiance des dirigeantes, ce qui aujourd'hui lui procure un sentiment de culpabilité. Ce matin elle ne se sent pas le courage d'annoncer à son employeur son intention de retourner vivre en Grèce, elle veut se donner encore du temps de réflexion et elle ne se rendra à son travail que dans l'après-midi.

En prenant le premier café qu'elle savoure sous la couette, la jeune femme repense à son parcours exemplaire, jusqu'à cette dernière année. Les efforts colossaux accomplis pour s'imposer dans ce métier d'homme, les sacrifices consentis pour évoluer dans sa carrière, elle n'oublie rien de tout cela et elle est d'autant plus amère qu'il suffit d'un grain de sable pour enrayer cette belle mécanique.

La maison Fragonard, tout comme de nombreuses fabriques de parfum n'a pas échappé aux problèmes de contrefaçon et aux prétendus fonds de cuve commercialisés à prix cassés sur les marchés de Provence et de nombreuses régions, vendus en ligne ou par le bouche-à-oreille : emballages identiques, noms presque similaires, tout est fait pour tromper le client. Ce trafic fait même fleurir des sociétés qui, bien que condamnées pour utilisation frauduleuse de marques, continuent à avoir pignon sur rue à l'international. Officiellement, ces sociétés distribuent leurs propres créations, mais elles excellent dans l'art de la copie.

Durant ses quinze années passées au service de la création olfactive dans l'usine historique, Sophia Vassilios a été confrontée une seule fois, mais une fois de trop selon elle, à un problème de piratage de l'une de ses formules, soupçonnant sans pouvoir le prouver, un employé indélicat au sein de l'usine. C'était en novembre 2017, il y a juste un an.

La parfumeuse, par son expérience et son talent, jouit d'une renommée dépassant largement les frontières de la ville de Grasse, ce qui a fini par lui faire avoir la grosse tête.

Considérée dans la profession comme une artiste à part entière, elle s'est sentie très blessée par la désinvolture de la justice à son égard ; la loi, qui ne reconnaît pas la propriété artistique, relègue la fabrication d'un parfum à un simple savoir-faire commercial. Son ego, quelque peu surdimensionné, en a pris pour son grade et elle en a éprouvé beaucoup d'amertume et une grande rancœur à l'égard de la Société française des Parfumeurs, même si celle-ci travaille d'arrache-pied pour qu'une marque puisse être brevetée et protégée. Les mois de travail passés pour créer une nouvelle formule avaient été anéantis en quelques heures par le revers de la main d'un voleur. Cette non-reconnaissance de la propriété artistique avait été vécue par Sophia comme une ingratitude à son égard.

Cette affaire l'a d'autant plus affectée qu'elle s'est déroulée en pleine procédure entreprise par la Ville auprès de l'UNESCO pour inscrire les savoir-faire de la parfumerie de Grasse dans le patrimoine culturel immatériel de l'humanité.

Sophia ne s'était pourtant pas ménagée pour participer à la réussite de la candidature, elle était même devenue une fervente militante aux côtés des élus et des techniciens, ne comptant plus ses heures de réunion pour faire avancer le projet. Elle avait vu là l'occasion unique de valoriser sa profession, car l'un des critères pour la sélection consistait à mettre en valeur l'art de composer un parfum. Son enthousiasme s'était trouvé fort émoussé lorsqu'elle avait été victime de piratage : pourquoi aider les autres alors que personne ne venait à son secours ?

Aujourd'hui encore, le maire et son équipe voient toujours d'un bon œil le formidable regain d'intérêt que cela représente pour la culture des fleurs à parfum de Grasse et l'élan touristique que cette distinction génèrera ; ils sont conscients que l'économie de la ville n'est plus aussi florissante, en moins de cent ans les terres consacrées à la culture des plantes à fleurs sont passées d'une superficie de 1200 hectares à 80, malgré les efforts de la municipalité. Il est vrai que certaines usines installées dans la région et dans le pays font venir leurs matières premières de pays étrangers, et n'hésitent pas à importer du jasmin ou des roses, sans parler du géranium d'Égypte ou de La Réunion qui imite à la perfection le parfum de la Rose.

Les grandes maisons de la parfumerie le savent pourtant : ici la nature des sols et le savoir-faire des horticulteurs sont exceptionnels. Mais dans ce domaine comme dans d'autres activités agricoles les circuits courts sont loin d'être privilégiés, les lois du marché sont impénétrables.

À quelques jours de l'annonce du verdict prévue à la mi-novembre, Sophia mesure combien elle s'est détachée depuis un an de ce projet.

En lui dérobant sa formule, le voleur a piraté une partie de son âme, de sa ferveur pour son métier. L'écriture de cette composition de parfum avait nécessité plusieurs mois de travail et elle était pratiquement sûre du succès qui l'attendait. Un sentiment d'injustice doublé de colère l'avait peu à peu envahie, on l'avait dépossédée d'un de ses plus beaux poèmes olfactifs, elle en était certaine maintenant.

Elle a continué néanmoins à suivre les réunions en mairie, se montrant coopérative pour faire avancer la candidature, mais le cœur n'y est plus : personne n'a su la protéger et elle en veut à la terre entière.

Sophia pourrait appuyer des heures et des heures sur la touche replay pour repasser le film de sa mésaventure, mais elle est interrompue par la sonnerie du téléphone qui froisse le silence de son appartement. D'un pas mal assuré, elle traverse la pièce : depuis quelques jours, et même la nuit, elle est dérangée par des coups de fil ; quand elle décroche, elle n'entend que la respiration de son interlocuteur. Elle a essayé de savoir d'où venaient ces appels, mais sans succès car ils sont tous passés depuis des bars ou restaurants des alentours de Grasse. Elle sait pertinemment que c'est une méthode d'intimidation et elle connaît aussi celui qui la harcèle. Il est de retour et ne tardera pas à lui fixer un rendez-vous auquel elle ne pourra pas se soustraire.

En décrochant le combiné, elle est soulagée de voir s'afficher le prénom de Florence son amie : en voilà une au moins qui l'aime de manière inconditionnelle depuis le premier jour de leur rencontre, une sorte d'idolâtrie que Sophia ne s'explique pas vraiment. Certes, elle l'a tirée d'une mauvaise passe après l'avoir mise à la porte de son appartement, mais cette admiration lui paraît disproportionnée.

Ce soir, elle n'a pas vraiment le cœur à faire de longs discours, mais chaque fois que Florence lui téléphone, elle répond car elle ne veut pas inquiéter son amie qu'elle sait fragile. D'ailleurs la parfumeuse s'est bien gardée de parler de sa mésaventure et des craintes qu'elle lui procure.

Sans laisser le soin à la jeune fille de s'annoncer, Sophia entame le dialogue :

– Florence, ma belle comment vas-tu ?

– Je vais. Et toi ?

Au téléphone, Florence n'est pas du genre à raconter sa vie. Ailleurs non plus, elle ne parle jamais de sa vie privée et Sophia a compris qu'il était inutile de lui poser des questions sur son histoire ; elle pense souvent que leur relation est particulière, elle a l'impression de connaître la jeune fille de manière intuitive, une âme sœur enfin trouvée.

Sophia avait bien senti dès le début que Florence était attirée par elle sexuellement, elle lui avait même fait quelques avances lors d'une soirée un peu arrosée dans un bar de filles, mais la cueilleuse ne s'était pas laissé cueillir, elle avait quitté la table dès que la main de Sophia avait caressé sa cuisse, et lorsqu'elle s'était retournée sur le pas de la porte, son regard noir disait tout son effroi. Le lendemain, selon leurs habitudes, elles n'en avaient pas reparlé et Sophia avait su garder ses distances pour ne plus effaroucher son amie.

Sophia hésite un peu avant de répondre :

– Oui, ça va… À peu près.

– À peu près, ça veut dire quoi ?

– Cela veut dire ce que cela veut dire, mais parle-moi de toi plutôt, as-tu pris contact avec le mas de Maoui, je les ai appelés pour leur dire que tu allais leur téléphoner, ils sont en train de constituer leur équipe de saisonniers pour la cueillette du jasmin qui débute en janvier, tu sais, n'attends pas trop…

– Oui, je vais le faire.

Depuis le mois de juin où la saison du ramassage des roses de mai s'est achevée, Florence a quitté la chambre que les propriétaires du mas lui avaient octroyée. Elle vit dans un bastidon enfoui dans un massif forestier qui entoure les hauts plateaux du pays de Grasse. Sophia n'a jamais cherché à savoir si son amie loue le cabanon ou si elle l'a purement et simplement squatté. « Prêté contre menus travaux », a simplement dit la jeune fille.

Elles se voient toujours à l'extérieur, ne s'invitent jamais l'une chez l'autre ; Sophia en a déduit que Florence craignait sans doute de se retrouver dans une intimité trop proche.

La parfumeuse est un peu agacée par la réponse qui vient de lui être faite et rétorque :

– Tu dis ça, mais n'attends pas trop, il n'y a pas que toi sur le marché…

La jeune fille l'interrompt :

– Arrête, je ne suis pas une marchandise et en plus, tu n'es pas ma mère !

Toujours cette même agressivité à fleur de peau, pense Sophia, ça ne lui passera donc jamais. *Non, je ne suis pas sa mère, et d'ailleurs je ne sais même pas qui était sa mère.* Elle avait juste appris par Florence que celle-ci n'était plus de ce monde, d'ailleurs la cueilleuse ne savait même pas qui était son père, il ne l'avait pas reconnue à sa naissance. Et c'est tant mieux, avait-elle dit, sans plus de commentaire.

— Tu entends, répète-t-elle, tu n'es pas ma mère.

Sophia sourit et ne peut s'empêcher de lui dire :

— Je sais, ou alors je suis peut-être ta « Bonne Mère », celle qui garde la rade de Marseille, qu'on adore et qu'on prie à genoux !

Silence au bout du fil, un ange passe, chassant les vieux démons ; la jeune fille reprend d'une voix radoucie :

— Je le ferai, je passerai un coup de fil aux propriétaires du mas Maoui, ne t'inquiète pas, mais dis-moi plutôt, pourquoi tu dis aller « à peu près » bien ?

— Je ne peux pas te parler de tout ça au téléphone, mais je vais devoir prendre une décision importante dans ma vie, je vais peut-être retourner en Grèce pour y travailler. Si tu veux, ce week-end, je monte à Plascassier et je t'invite à déjeuner samedi midi, rejoins-moi à l'Auberge Provençale. Je t'expliquerai.

À peine Sophia a-t-elle terminé sa phrase que déjà elle regrette d'en avoir trop dit : elle connaît son amie et sait que celle-ci va échafauder les pires scénarios jusqu'à ce qu'elles se rencontrent.

En même temps elle réalise que Florence est la première personne à qui elle a fait part de son intention et elle voit là un signe. Elle quittera la France pour qu'on perde sa trace, elle ne veut plus vivre sous la menace. Samedi sera sans doute la dernière fois où elle verra la cueilleuse, elle lui fera ses adieux, à moins que… Mais elle a encore besoin de réfléchir et ne se sent pas complètement sûre d'elle.

Lorsqu'elle raccroche, elle repense à leur conversation et se demande si elle va manquer à quelqu'un d'autre mis à part son amie. Elle sait d'ailleurs que Florence va être affectée par son absence et Sophia le sera aussi, mais d'une certaine manière, ce sera peut-être une opportunité pour qu'elles se détachent l'une de l'autre car la dévotion que lui voue la petite est parfois bien pesante.

Elle garde encore un peu l'image de la jeune femme, puis celle-ci s'estompe en fondu enchaîné et laisse place au portrait de celui par qui son malheur est arrivé.

Elle ne sait pas si c'est la naïveté, la rancœur laissée par le vol de sa formule, ou si c'est l'appât du gain qui l'ont fait basculer dans la malhonnêteté, mais lorsqu'elle a rencontré Jurgen Wenzel, il y a six mois environ, il n'a pas eu trop de difficultés à lui faire traverser le miroir aux alouettes qu'il lui avait tendu.

Quand il était arrivé, avec son physique racé et son crâne rasé le faisant ressembler à John Malkovich, elle avait d'abord été surprise par l'intérêt qu'il lui portait. Il lui avait expliqué avec force persuasion qu'elle avait été repérée par une grande entreprise d'électronique comme étant un des meilleurs nez de France. Il lui avait dit qu'elle était pressentie pour participer à l'élaboration d'une nouvelle machine pour créer des fragrances par l'intermédiaire de l'intelligence artificielle. Cela avait réussi à flatter son ego dans cette période où la mésaventure du piratage lui avait fait perdre confiance en elle.

Jurgen s'était présenté comme le technicien modèle d'une société allemande de parfumerie, de cosmétiques et d'arômes qui collaborait avec l'entreprise d'électronique américaine et lui fournissait des données pour créer un algorithme capable de les analyser.

Le langage technologique froid employé par Jurgen était bien éloigné du sien évoluant dans le registre de la poésie et de la musique. Les mots prononcés avaient eu leur importance dans sa décision, même si elle ne les avait pas tous compris, elle avait pensé alors qu'ils allaient lui permettre d'entrer dans un univers qui révolutionnerait le monde des parfumeurs. Elle serait enfin reconnue à l'international.

La somme d'argent qui lui avait été proposée était conséquente et ne laissait aucun doute sur la volonté des deux firmes industrielles d'exploiter à mort toutes les connaissances qu'elle avait engrangées, mais aussi, elle l'avait vite compris, de servir de « mule » pour transporter ses formules secrètes du monde réel au monde virtuel.

Pendant ces six derniers mois, Sophia a revu Jurgen à plusieurs reprises, il lui donnait rendez-vous après son travail dans un petit bistrot qui ne payait pas de mine. Lui, il payait bien. À chacun de ses rendez-vous, elle encaissait l'équivalent d'un mois de salaire. En contrepartie il fallait qu'elle crache de plus en plus de renseignements pour alimenter la data base de l'algorithme. Jurgen exigeait des formules, mais il voulait aussi qu'elle fournisse des fichiers de clients et les chiffres de vente qui leur étaient assortis : l'intelligence artificielle devait être capable de créer des parfums spécifiques pour une cible très précise en se basant sur ce qui avait déjà fait ses preuves d'un point de vue commercial.

Au tout début de ce trafic, elle avait eu l'impression d'être dans une relation d'apprentissage où l'élève était une machine et où elle jouait un rôle d'enseignante lui apprenant toutes les combinaisons d'ingrédients nécessaires pour réaliser les formules qui marchent le mieux. Cela lui donnait de l'importance et elle aimait bien cela. Elle avait l'impression de vendre son propre travail et trouvait normal de tirer profit de ses années d'étude en chimie, en biologie et de toutes ses expériences professionnelles. Mais quand il s'était agi de livrer des données commerciales, elle s'était sentie moins à l'aise, elle avait eu le sentiment de trahir ses collègues de travail et la maison Fragonard qui lui avait toujours fait confiance. Elle avait aussi eu peur d'être démasquée par les dirigeantes de l'entreprise et avait voulu faire marche arrière, mais au fond d'elle-même elle savait qu'elle avait mis un doigt dans l'engrenage de la « machine Learning » et qu'elle risquait d'y passer toute.

Elle a fini par confier ses craintes à Jurgen lors de leur dernière rencontre, et tout-à-coup il s'est montré violent, lui disant qu'elle s'était déjà trop compromise et qu'elle ne pouvait pas arrêter en route, cela risquait d'être dangereux pour elle. Le danger pour elle, c'était d'être confondue et de perdre son travail ; à mots couverts, il lui a fait comprendre que si elle se rétractait elle risquait de perdre plus que son travail. Il était trop tard maintenant, elle devait continuer jusqu'au bout.

Du moins c'est ce que voudrait lui faire croire Jurgen Wenzel, pense-t-elle, mais après tout si elle démissionne et part à l'étranger le maître-chanteur n'aura plus d'emprise sur elle.

Lorsqu'elle avale sa troisième tasse de café, elle est convaincue qu'elle doit se donner du temps avant d'aborder son entretien avec ses patronnes, elle a bien fait de décaler son rendez-vous.

À visage découvert

Marseille, jeudi 8 novembre 2018

Vincent est satisfait d'avoir réussi à décaler son rendez-vous avec le docteur Martinier, il a le sentiment que le docteur a mis du sien pour lui proposer une nouvelle date. Sans doute, pense-t-il, la rencontre entre son psy et la commissaire a été bénéfique pour lui ; il aimerait savoir ce que ces deux-là ont bien pu se dire derrière son dos… Leur qualité première à chacun, c'est de faire parler les autres, pour ça ils sont fortiches ! Comment ça parle, un psy quand il n'est pas face à un patient ? Et une commissaire quand elle ne mène pas un interrogatoire ?

Il n'en saura rien car Thierry Martinier, motus et bouche cousue, l'a simplement informé de la visite qu'il a reçue à son cabinet en précisant que Félicie Hoareau est venue accompagnée par Bertrand Schiappani, celui-là, il n'y a rien à faire, Vincent ne peut toujours pas l'encaisser…

Le lieutenant a lâché cependant un peu la pression qu'il exerçait sur son présumé coupable, d'abord parce que la tragédie de la rue d'Aubagne a mis en standby l'enquête, ensuite parce que les traces retrouvées chez la deuxième victime ne correspondent pas à l'ADN du livreur, enfin, l'officier garde en tête la mort de Jean Devivier et se sent un peu fautif. Les actes d'agression sexuelle commis par le professeur sont des plus répréhensibles, mais si celui-ci n'était pas coupable de meurtre, alors sa mort est une bien lourde peine ; le lieutenant a dû s'avouer que sa fille dans son désarroi, sa grande douleur et sa soif de vengeance avaient fait de lui son bras armé dans les démarches qu'il avait entreprises auprès des collègues de la brigade d'Aix. Il s'était d'ailleurs fait remettre à sa place par le commissaire Arnault quand il s'était permis de porter un jugement sur les co-enquêteurs qui n'avaient même pas été foutus de retrouver le fameux Lucas entraperçu le jour de l'enterrement.

Pour toutes ces raisons, le lieutenant avait mis la pédale douce lorsqu'il avait entendu pour la seconde fois Vincent Rodriguez, préférant en garder sous le pied. Il avait laissé la chef mener l'interrogatoire, appréciant la façon dont celle-ci faisait l'accordéon. Rompue à cet exercice, Félicie tapait parfois dans le dur et parfois elle roulait en pente douce, rassurant le présumé coupable… Du grand art, pensait son adjoint qui pour sa part aurait aimé marquer à la culotte le livreur, histoire de bien lui signifier qu'il était surveillé de près. Pour lui, malgré l'absence de trace ADN, il n'y avait pas l'ombre d'un doute : pourquoi ce zigoto se trouvait-il à Aix-en-Provence le soir du meurtre d'Élodie ?

Les explications confuses données par Vincent tournaient en boucle mais Félicie Hoareau, pour sa part, ne croyait pas à la culpabilité de celui qu'elle avait plutôt tendance à appeler « un pauvre innocent » pour lequel le compteur se serait bloqué à un moment de sa vie.

Elle était d'accord sur un point avec Bertrand : ils ne le laisseraient pas partir en roue libre et dès qu'ils le relâcheraient ils mettraient en place une surveillance permettant d'être au courant de tous ses faits et gestes.

Intuitivement, Félicie Hoareau pense que ce grand escogriffe détient sans doute une partie de la résolution de l'énigme et qu'il n'est pas opportun de le placer en garde à vue.

Vincent s'est senti plus léger lorsqu'il s'est retrouvé sur le trottoir de la Canebière 48 h après son interpellation, même s'il a conscience des soupçons qui pèsent toujours sur lui. Une étrange sensation d'invulnérabilité est montée en lui : « Ils ne m'ont pas gardé », se répète-t-il tandis qu'il reprend pied sur la terre ferme après s'être embourbé dans la fange.

Bizarrement il n'a plus peur ou en tout cas il sait que dorénavant il ne cédera plus à la panique. Sortir à visage découvert n'est plus, pour lui, inenvisageable. Les derniers rendez-vous avec son psy lui ont permis d'entamer une reconstruction de son être entier, et il voudrait apprendre maintenant à faire de nouveau confiance à la vie, comme quand il avait seize ans.

Quinze années passées à jouer les passe-murailles, c'est assez, pense-t-il.

Il se rendait au lycée lorsque son accident de scooter était arrivé, un automobiliste lui avait coupé la route à un carrefour sans respecter la priorité et s'était enfui.

Ce jour-là tout s'était enfui, à commencer par sa petite amie qui n'avait plus pu le regarder en face.

Deux mois d'hospitalisation avec trois opérations consécutives pour réparer l'irréparable. La cicatrice s'était un peu estompée au fil des années mais la blessure narcissique ne s'était jamais refermée.

Comment oublier son retour en classe de 1ère S au lycée Marcel Pagnol, dans la banlieue Est de Marseille ?... Il avait loupé un trimestre et se sentait en complet décalage avec ses camarades qui bûchaient pour passer les épreuves du bac de français. *Tu vois Vincent, toi, tu es notre albatros, tes ailes de géant t'empêchent de marcher !* Même s'il n'y avait aucune malveillance de la part de son ami, Vincent avait reçu cette allusion au poème de Baudelaire qu'ils étaient en train d'étudier comme une gifle. Il avait pris les rires gênés des élèves pour des ricanements et cela le ramenait à sa nouvelle condition d'handicapé, « gauche et veule », tel l'oiseau des mers. Ce jour-là il avait su qu'il allait devoir vivre *exilé sur le sol au milieu des huées.*

Sa rupture avec Caroline, dont il était fou amoureux, lui avait procuré un sentiment d'abandon profond, elle l'avait quitté pour l'un de ses meilleurs amis. Même si au fond il n'avait rien fait pour la retenir et si les crises de violence verbale qui le submergeaient depuis son accident n'avaient pas arrangé leur histoire, Vincent avait été profondément affecté par cette séparation. Il ne lui restait plus rien, sinon les ailes de ses rêves qu'il allait traîner derrière lui et dans lesquelles il s'empêtrerait sans pouvoir avancer.

Repasser en accéléré le film de ses années de galère, de perte de confiance en lui est un exercice que le livreur a beaucoup pratiqué et cela lui procure toujours l'effet d'un poison inoculé dans ses veines. Ce matin, pour la première fois, il a l'impression d'assister à une scène qu'il regarderait du haut d'une terrasse, cette histoire n'est plus la sienne. Cela doit-être ça, prendre de la hauteur, pense-t-il.

Depuis quelque temps, grâce au soutien de son psy avec lequel un lien singulier s'est noué, Vincent a pu enfin livrer sa face cachée, selon la formule employée par son médecin, formule qu'il trouve d'une belle justesse. C'est vraiment cela, pense-t-il, il n'a plus honte de son visage et surtout il n'est plus dans la provocation face au regard des autres. Jusqu'à ces derniers jours, mis à part ses subterfuges sur le net, il prenait un plaisir masochiste à montrer sa balafre et à guetter les signes de compassion et d'apitoiement déclenchés par la vue de son visage ; il sentait alors monter en lui une rage folle, il perdait pied et avait même des envies de meurtre.

Il réalise qu'il peut être capable de maîtriser la manière dont il est regardé... Rien ne l'empêcherait aujourd'hui de laisser pousser une barbe épaisse qui cacherait en grande partie sa cicatrice ; il prend conscience que s'il ne l'a jamais fait depuis son accident, c'est parce qu'il préférait montrer cette ancienne blessure plutôt que celle toujours plus vive nichée dans sa tête.

Ce matin, pour la première fois depuis bien longtemps, il s'est examiné longuement dans le miroir, s'est trouvé amaigri et pâle, mais son visage lui est apparu dans sa vérité profonde, le masque qu'il portait jusque-là était enfin tombé... *Après tout je vais bien finir par arriver à réenvisager ma vie !*

En descendant l'artère principale de Marseille, Vincent a un pas assuré malgré son handicap, il ne manquerait pour rien au monde la conférence de presse du Collectif du 5 novembre, c'est d'ailleurs pour cela qu'il a changé le jour de rendez-vous avec son psy : il espère revoir Leïla, même s'il sait qu'il ne pourra sans doute pas l'approcher. Il connaît maintenant le double engagement de la jeune femme en tant que victime et comme journaliste. Il a récupéré sur la toile l'ensemble des articles et il est très impressionné par le contenu et le style de la rédactrice, lui qui a quitté l'école peu après son accident.

Lorsqu'il a téléphoné à Leïla, à la sortie de sa garde à vue, elle a été très brève et s'est montrée encore très choquée par la tragédie de la rue d'Aubagne. Il a été heureux de l'entendre dire : « C'est un peu grâce à toi si je ne me suis pas retrouvée sous les décombres, je suis venue au commissariat pour te porter secours et tu m'as sauvée ». Nous sommes quittes, a-t-il pensé, il ne sera plus question que l'un soit redevable à l'autre.

Son cœur cogne contre la poitrine à l'idée de la rencontrer de nouveau et il se traite de fou : imaginer qu'une fille comme ça pourrait faire un bout de chemin avec lui... Il ne sait même pas si cela se concrétisera un jour. Ce qu'il sait en revanche, c'est que le petit espoir qu'il entretient, depuis qu'il a eu Leïla au bout du fil, lui permet de retrouver le goût de vivre.

Il est sûr que la jeune femme mettra toute son énergie et son savoir-faire pour que justice soit rendue aux victimes et à leurs familles et pour que les coupables soient confondus. Pour ce combat, il aimerait pouvoir être à ses côtés mais il doit d'abord mener le sien, en solitaire. Il en va de sa liberté : il doit prouver son innocence. Une manière pour lui de tirer un trait sur son passé de loser.

En marchant vers le local où doit avoir lieu la conférence de presse, Vincent passe devant le commissariat et repense au drôle de couple que forment la commissaire et son adjoint, il ne saurait dire lequel des deux protège l'autre, ce qui est sûr c'est qu'ils fonctionnent en stéréo, le lieutenant servant d'interprète chaque fois que sa chef s'emporte ; le livreur entend encore Félicie Hoareau dire : « *Nou la pa là ek sa !* », tandis que l'officier traduit : « Ce n'est pas notre problème, on n'a pas que ça à faire ! ». Vincent non plus n'a pas que ça à faire et recouvrer sa liberté de mouvement est pour lui une opportunité dont il compte bien s'emparer pour mener sa propre enquête ; avec la tragédie de la rue d'Aubagne, les flics risquent de faire passer aux oubliettes les deux meurtres pour lesquels les soupçons qui pèsent sur lui ne sont pas encore complètement levés…

Avouer au lieutenant Schiappani les raisons qui l'ont conduit à Aix le jour du meurtre d'Élodie Barles est chose impossible : comment lui dire qu'il a pris en filature sa fille ? Comment lui faire savoir que celle-ci cache bien son jeu et que la petite oie blanche n'est pas une sainte-nitouche ?

Il a visionné maintes fois la vidéo prise dans la bouche de métro et a mesuré ainsi le degré de complicité qui existe entre le père et la fille, Vincent sait que s'il touchait à un seul des cheveux de Julie, le lieutenant le tuerait.

Les recherches faites sur les réseaux sociaux n'ont fait que conforter ce qu'il avait intuitivement pressenti. C'est Julie qui, en quelque sorte, a livré en pâture son amie en exposant sur Facebook et Twitter les moindres replis de leur vie privée. Les photos où les deux amies prenaient plaisir à se montrer ensemble, les commentaires et les partages ont suffi pour donner une identité virtuelle à la future victime et tisser dans la toile la tragédie de son destin. Il sait pertinemment que les prédateurs sont à l'affût des photos de jeunes filles en fleur. C'était un jeu dangereux auquel elles se livraient car elles aimaient se mettre en scène en adoptant des tenues affriolantes et des postures équivoques, suçant un même cornet de glace à deux boules, ou jouant avec leur chatte, l'animal de compagnie qu'elle savait rendre complice… Ces prises de vue dataient de deux ans auparavant mais elles étaient restées sur la toile, telles des araignées attendant leur pitance.

Pour avoir pratiqué ces jeux pervers sur internet, Vincent sait bien comment les pulsions libidinales et narcissiques sont alimentées par le numérique. Le plaisir d'être vu, d'être exposé est plus fort que la prudence qui faisait dire autrefois : « Pour vivre heureux, vivons cachés. »

Aimer être aimé, être suivi par des followers, fait de chacun d'entre nous son propre indic, et les données gravées dans la mémoire informatique sont une mine d'or à exploiter pour peu que l'on maîtrise la technique pour extraire les informations révélées par les opérations banales menées grâce aux ordinateurs, téléphones portables, iPad et tant d'autres supports numériques.

Vincent n'est qu'au début de ses investigations, les nuits blanches passées face aux écrans noirs lui dévorent ses heures de sommeil ; même si elles portent leurs fruits, il a de plus en plus de mal le matin à être à l'heure pour ouvrir la boutique et installer les vases de fleurs sur les étals.

Lors de son arrestation en juin dernier, les flics avaient raflé sans un mot l'ensemble de son matériel informatique, emportant les disques durs et clés USB qui étaient dans les tiroirs de son bureau ; après sa condamnation tout lui avait été restitué mais l'avocat avait insisté pour que son client ne se livre à aucune activité répréhensible dans les mois à venir.

Au début, Vincent avait eu du mal à se remettre devant son ordinateur, il avait l'impression que celui-ci était une bête féroce qui à tout moment pourrait planter ses crocs dans sa main. Il a dû, jour après jour, domestiquer sa machine et il lui a fallu du temps avant d'arriver à se convaincre qu'il n'était pas surveillé et que lorsqu'il tapait un message, celui-ci n'apparaissait pas en simultané sur l'écran d'un ordi posé sur le bureau d'un flic.

Arrivé dans la salle où doit se tenir la conférence de presse, le livreur a d'abord l'impression d'être un intrus, sa présence est indécente et il n'a rien à faire ici, pense-t-il, mais dès que Leïla l'aperçoit elle l'éclabousse d'un grand sourire, alors il se cale sur son siège avec la sensation d'être là où il doit être : près d'elle.

Lorsqu'elle prend la parole, il mesure à quel point cette fille est engagée, son altruisme et son militantisme le subjuguent ; il réalise que depuis des années il vit coupé de la vie réelle, des problèmes sociaux, de la politique : pas grand-chose ne l'intéresse mis à part sa petite personne… Il est surpris de voir que malgré sa détermination, la journaliste bute parfois sur quelques mots qu'elle écorche ; de toute évidence son écriture est beaucoup plus fluide que ses paroles… Serait-elle aussi une princesse du royaume des mots tordus ? Il sourit à cette idée, même si les propos tenus sont d'une extrême gravité, car devant le grand malheur des familles endeuillées et des habitants qui ont survécu à la tragédie, il a l'impression d'être un minable ne pensant qu'à son nombril. Chaque témoignage le renvoie à sa condition de privilégié lui permettant de relativiser ce qu'il pensait être son grand malheur.

En assistant à la création du Collectif du 5 novembre, le livreur sent vibrer l'énergie des militants venus apporter leur soutien. Il voudrait être à leurs côtés, aux côtés de Leïla, mais il sait qu'il ne doit pas se disperser et qu'il a encore à déblayer devant sa porte avant de pouvoir venir aider les autres… Laisser du temps au temps ; l'organisation des actions de lutte et de solidarité ouvre un chantier où la reconstruction de la dignité des personnes devient la priorité. Chacun comprend que ce sera un travail de longue haleine.

Les traits du visage de Leïla disent sa volonté farouche, son regard empreint de douceur contraste avec les plis amers de sa bouche. Elle saisit en direct sur son PC l'intervention faite en guise de conclusion, et tandis que les petits groupes se forment, elle range son ordi et se dirige vers Vincent.

– Oh ! Tu es venu, je suis contente même si ce n'est pas bien drôle de se revoir là, mais bon !...

– C'est courageux, je veux dire : tu es courageuse.

– Non, j'ai de la chance, je suis vivante et je n'ai perdu aucun proche dans cette tragédie. Le courage appartient à ceux qui ont leurs parents ou amis sous les décombres… Quand on veut reconstruire, il faut toujours beaucoup de volonté et ne jamais perdre espoir. Le courage, c'est autre chose.

L'espoir, Leïla, je ne savais même plus que ce mot existait avant de te rencontrer…

Quand il se retrouve dans son studio en fin d'après-midi, assis face à son PC, les mains suspendues au-dessus du clavier, Vincent repense à la conversation qu'il a eue avec Leïla ; même s'ils n'ont échangé que quelques mots, il les savoure et les retourne dans sa bouche ; ces bribes de conversation sont aussi douces que les suce-miels de son enfance. Leïla s'est approchée de lui à la fin de la réunion, c'est elle qui est venue vers lui et même s'il a encore du mal à y croire, il sait qu'il va enfin pouvoir rêver de nouveau.

Il retient son souffle et sent battre son cœur dans la poitrine. Puis il ouvre son ordi et se laisse happer par le monde du dedans, à la recherche d'indices sur les réseaux sociaux et sur les sites d'information qui pourraient le mettre sur une piste lui permettant d'avancer sur les questions qui le taraudent : quel lien y a-t-il entre Marion Varten et Élodie Barles ? Quel rôle joue la fille du lieutenant dans cette affaire ?

La nuit va être longue mais il ne lâchera rien, cela prendra le temps qu'il faut.

Les informations recueillies sur la toile sont de nature à donner un coup d'accélérateur à cette enquête qui stagne. Il ne tient pas à les communiquer, surtout pas à l'officier de police marseillais, le lieutenant Schiappani pour lequel il n'a aucune sympathie : ce flic protège sa fille, il en est sûr.

Vincent préviendra cependant la commissaire Hoareau avec laquelle il se sent en confiance : il croit savoir quelle sera la troisième victime et il a identifié l'endroit où elle vit. Quoi qu'il en soit, il se rendra sur les lieux avant que les flics interviennent. Il sait que le risque est gros mais c'est justement cela qui le motive, il a besoin de surmonter ses peurs, se mettre en danger pour protéger une personne. De plus, il veut vérifier par lui-même si son intuition est la bonne et il sera toujours temps de demander de l'aide sur place si nécessaire. Il se doute bien qu'il est pisté et qu'il peut être géolocalisé avec son portable, en la circonstance cela ne le dérange pas, bien au contraire.

Yvette Détailleur semble dans de meilleures dispositions envers son employé depuis quelque temps ; elle a retrouvé la bienveillance qui la caractérisait, celle qu'elle avait toujours eue à son égard avant le meurtre de Marion Varten. Quand Vincent l'appelle au petit matin, il est déjà en gare Saint-Charles à Marseille, il attend le premier TER à destination de Cagnes-sur-Mer ; il explique à sa patronne qu'il a besoin de quelques jours de congés et si possible d'une avance sur salaire ; il est sûr d'une chose : il a perdu assez de temps comme ça et il ne veut pas moisir entre les quatre murs d'une cellule des Baumettes. Elle doit lui faire confiance, il veut prouver son innocence, il en a besoin pour ne plus marcher de traviole.

Lorsqu'elle raccroche, la fleuriste se demande pourquoi Vincent doit se rendre à Cagnes, qui doit-il y retrouver ? Elle comprend que rien ne sert d'essayer de l'en dissuader, il a tant de choses à se prouver : il ira jusqu'au bout.

Urgence à en finir

Grasse, vendredi 9 novembre 2018

Aller jusqu'au bout… Ne plus rester en chemin… Ce sont les phrases que Vincent psalmodie dans sa tête, tandis que défilent les paysages de bord de mer à travers la vitre du TER dans lequel il se trouve.

Convaincre sa patronne de lui laisser la possibilité de solder ses jours de congés n'a pas été difficile : la vente des chrysanthèmes, cyclamens et autres fleurs de Toussaint vient de s'achever et une période creuse s'annonce avant d'attaquer les décorations florales de Noël. Obtenir une avance, en revanche, a été une autre paire de manches, il a dû arguer qu'il pourrait se mettre en maladie, le repos lui était fortement recommandé par le docteur Martinier. Pour impressionner Yvette Détailleur, il a employé quelques termes savants, dont le fameux vocable de « ictus amnésique », il venait d'en apprendre la veille la signification. Selon son psychiatre, il aurait été victime de ce syndrome neurologique pendant une huitaine d'heures, l'empêchant de se remémorer les événements vécus lors de la nuit du meurtre de Marion Varten.

Lorsque le docteur lui a décrit son malaise, il a été rassuré d'apprendre qu'en général cet accident cérébral est sans conséquences graves, ce phénomène dû à un dysfonctionnement de l'hippocampe provoque une panne temporaire de la mémoire. Cependant, même si ce trouble est réversible en quelques heures et est considéré comme bénin, le livreur n'a été que partiellement satisfait de ce diagnostic : pour lui, et sûrement pour les officiers de police marseillais, le voile sur cette nuit d'errance n'est toujours pas levé. Il se demande si Thierry Martinier croit vraiment à cette histoire de trou noir… A-t-il déjà rencontré parmi ses patients d'autres personnes atteintes comme lui de ce trouble ? Les recherches faites sur le net étaient peu explicites et ce que Vincent en a retenu c'est que seules 25 personnes sur 100 000 sont touchées par cette affection. Et voilà une fois encore c'est la faute à pas de chance, s'est-il dit, il a fallu que cela tombe sur moi. Mais ce qui lui importe le plus en ce moment c'est de savoir si son docteur a réussi à faire changer d'avis la commissaire et son adjoint au sujet de sa culpabilité. Le secret médical peut-il être levé dans son cas ?

Il a conscience que de toute manière il n'est pas beaucoup plus avancé, et malgré le nom scientifique posé sur son malaise, il n'est pas bien à l'aise lorsqu'il repense à tout cela.

Au fond de lui, il espère encore que Leïla détient la clé de ce mystère et l'idée qu'ils se reverront bientôt suffit à lui redonner du courage pour poursuivre le chemin qui le conduira à la vérité, ou plus exactement à « sa » vérité.

Il a conscience aussi qu'en ce moment-même la jeune femme est comme lui à la recherche de la vérité et que les coupables sont des meurtriers qui dorment en toute impunité. La volonté farouche de Leïla lui procure de la force, il est sûr que c'est elle qui lui a permis de donner un coup d'accélérateur pour prendre en main sa destinée. Il ne veut plus regarder passer les trains…

La petite gare de Grasse, située dans la ville basse, indique dès le hall d'arrivée la vocation touristique de la ville : les affiches apposées sur les murs invitent les passagers à venir découvrir les liens de la cité avec l'histoire de la Parfumerie ; les informations sur les conditions de visite des usines Fragonard et Molinard et du musée de la Parfumerie fleurissent un peu partout.

Vincent n'est pas venu ici pour jouer les touristes, d'ailleurs il ne compte pas s'attarder dans la capitale mondiale du parfum : le sillage dans lequel il a mis ses pas doit surtout le mettre sur une trace déterminante pour la quête qu'il a entreprise.

Il décide cependant de s'arrêter une paire d'heures, le temps de déjeuner, avant de prendre le bus à destination du petit village de Plascassier. En remontant le boulevard pour regagner la place aux Aires, là où sont installés les brasseries et petits restos typiques, il passe devant l'ancien casino devenu aujourd'hui palais des Congrès ; de superbes villas de la Belle-Époque rappellent le passé prestigieux de la ville, autrefois un lieu de villégiature. Il s'arrête un instant devant l'entrée de l'usine Fragonard où un chauffeur de car et un guide japonais attendent le retour de passagers, occupés à dévaliser la luxueuse boutique de parfums et cosmétiques attenante à la fabrique.

Arrivé sur la place bordée d'arcades et de maisons aux façades ocre rouge et jaune, il se dirige machinalement vers un bistrot, attiré d'abord par le plat du jour, les « fassoum », beignets de fleurs de courgettes, un pur délice que sa grand-mère savait si bien faire. À son entrée, les regards se tournent vers lui, depuis son infirmité, il a pris l'habitude des coups d'œil furtifs jetés sur lui ; il se rend compte qu'ici dans cette salle minuscule, il est dévisagé pour une autre raison : la plupart des clients attablés sont des transgenres. Vincent leur sourit, il n'est pas gêné, pour un peu il se sentirait des leurs, après tout qu'a-t-il fait d'autres sinon travestir son image pendant toutes ces années précédant son arrestation ?

L'ambiance est joyeuse dans le troquet et chacun s'apostrophe d'une table à l'autre ; cette communauté, faite surtout d'hommes ayant transgressé la loi dictée par leur sexe biologique en choisissant d'être femmes, se connaît bien apparemment. Les odeurs entêtantes des parfums répondent aux couleurs chatoyantes des tissus de jupes, corsages et grands châles, le cliquetis des bracelets rivalise avec celui des fourchettes, tout est un peu trop dans ce lieu exigu : trop de bruit, d'interpellations, de grands éclats de rire, de maquillage et de bijoux en toc… Mais au bout du compte tout ce brouhaha, loin de produire un effet de saturation, plonge Vincent dans une ambiance de légèreté mêlée à une certaine insouciance.

Étrangement il se sent bien et prolongerait volontiers le temps passé à table s'il n'était pas soumis aux horaires de bus.

La femme assise face à lui, une beauté rare au teint de porcelaine avec des yeux vert jade, semble aussi prendre plaisir à vivre ce moment, même si elle ne participe pas aux conversations qui vont bon train ; elle lui adresse de temps en temps des sourires entendus, une manière de le rendre complice. Elle et lui ne font pas partie de cette communauté, mais ils se sentent nullement exclus de ce monde que beaucoup rejettent.

Ils regardent leur montre pratiquement au même instant, sortent ensemble du petit restaurant, traversent la place aux Aires presque côte à côte sans se parler, puis chacun poursuit son chemin. Vincent se dirige vers la gare routière tandis que Sophia Vassilios pénètre dans l'usine Fragonard par la grande verrière.

Dans l'autobus, le livreur pense aux chemins buissonniers que prend parfois l'existence. Sans vraiment pouvoir l'expliquer, il sait qu'il est à un tournant de sa vie, il y a chez lui comme une urgence à en finir avec ces années d'errance pour pouvoir passer à autre chose et être enfin délivré de ce passé qui lui colle à la peau autant que la cicatrice sur sa joue. Il veut réussir là où la police est en échec, pense-t-il, même s'il doit se mettre en danger. Il n'a plus peur maintenant de s'exposer.

Arrivé à Plascassier, le livreur n'en croit pas ses yeux, ici le temps est resté suspendu. Le village est vraiment monté sur échasses, se dit-il en souriant, se rappelant le terme provençal « escassier » dont le paisible hameau tire son nom ; il est situé sur un promontoire permettant une vision à 360° sur les plaines de cultures horticoles qui s'étirent jusqu'aux massifs montagneux. La vue dégagée sur la campagne environnante contraste avec celle étriquée qu'offre le village replié sur lui-même ; les ruelles moyenâgeuses qui partent de la place principale pour aller vers l'église semblent s'être donné le mot pour taire les secrets de famille des habitants vivant ici depuis tant de générations.

L'Auberge Provençale dans laquelle Vincent s'est installé porte bien son nom avec ses rideaux en cretonne fleurie, ses nappes en lin jaune bouton d'or sur lesquelles sont disposés assiettes et pichets en terre vernissée issus des nombreux ateliers de poterie présents dans la région. La chambre d'une propreté irréprochable est meublée sans chichi et fleure bon la lavande cultivée ici et dont les grains enfermés dans des petits sachets de toile de jute répandent l'odeur mauve de l'été.

Vincent ne défait pas son sac de voyage, il s'allonge d'abord sur le lit recouvert d'un simple édredon, garde les yeux grand ouverts, ce n'est pas le moment de dormir : il doit rester vigilant, il est si près du but.

La troisième victime se terre dans les environs. Il est venu pour elle, une jeune fille, du même âge que Marion Varten et Élodie Barles. C'est ici que les trois saisonnières se sont rencontrées, ici que leurs destins tragiques se sont à jamais liés.

Dès demain il partira à sa recherche, elle n'est pas bien loin, il le sent. Il la trouvera, c'est sûr. Il ne peut pas expliquer pourquoi il veut empêcher ce troisième meurtre, certes cela prouvera son innocence car la police pourra remonter jusqu'au tueur en série avec les indices que ne manquera pas de fournir la jeune cueilleuse. Cependant il est question d'autre chose, au fond de lui il sait que ce besoin de réparation lui permet d'en finir une bonne fois pour toutes avec son complexe d'infériorité qu'il traîne depuis l'accident ; il sauvera une vie mais surtout il prendra une revanche sur la sienne.

Il prend son téléphone et saisit le message qu'il tourne et retourne dans sa tête depuis son arrivée. Ce n'est qu'après s'être assuré que le SMS envoyé à la commissaire Hoareau est bien parti qu'il s'autorise, pour un moment seulement, à baisser les paupières, sans pour autant baisser la garde. Il laisse venir à lui le visage solaire de Leïla, ils se regardent et c'est tellement bon.

Félicie Hoareau roule des yeux ronds comme des billes en relisant pour la énième fois le message qui est arrivé sur son portable, il y a près d'une heure : « Après Marion Varten et Élodie Barles, Florence Cantarelli sera la troisième victime, si rien n'est fait pour arrêter le meurtrier. »

Elle entre dans le bureau de Bertrand en hurlant : « *Kisa messië-la ?* », il n'y a pas une minute à perdre, elle veut savoir au plus vite qui lui a envoyé ce message.

Les ordres du divisionnaire étaient tombés en début de semaine : les enquêtes en cours devaient être mises en veilleuse pour donner la priorité aux procédures concernant la tragédie de la rue d'Aubagne. Toutes les forces de sécurité doivent se regrouper pour rassurer les Marseillais qui ont mal à leur ville.

Au bout de cinq ans de « vie commune », Bertrand commence à connaître sa chef, il sait qu'elle ne lâchera pas l'affaire des deux meurtres, dût-elle travailler jour et nuit. D'ailleurs, il a vu une couverture roulée en boule dans son placard et il soupçonne sa patronne d'avoir passé la nuit dernière dans son bureau. Il a d'abord cru que c'était à cause d'une dispute avec Adrien, son mari, mais à y repenser maintenant, Bertrand se dit qu'il est fort possible que Félicie prenne sur son temps de sommeil les heures nécessaires pour poursuivre l'enquête. Opérationnelle sur le terrain en journée, elle obéit aux ordres de sa hiérarchie, tandis que ses nuits sont propices à des recherches et introspections que certains pourraient nommer divagations.

Bizarrement, et sans doute pour une des premières fois le lieutenant Schiappani se demande si Félicie ne lui cache pas des informations concernant le double meurtre, sa chef sait que Julie était la meilleure amie d'Élodie Barles, elle se méfie sûrement de ses réactions de papa poule ; d'ailleurs la preuve en est : elle ne lui a pas dit un seul mot sur le contenu de l'entretien qui s'est déroulé à Aix dans les locaux du commissariat, Julie en est revenue très éprouvée et n'a pas voulu lui en parler non plus.

Il faut dire que depuis le début de cette enquête les points de vue des deux officiers divergent : la commissaire ne croit pas en la culpabilité de Vincent Rodriguez, tandis que Bertrand ne peut pas se l'enlever de la tête, pour lui le livreur n'est pas clair même si les traces d'ADN retrouvées chez la deuxième victime ne sont pas les siennes.

Aussi l'officier de police est-il heureux de voir débouler la chef dans son bureau pour le relancer sur une enquête dont l'élucidation lui tient particulièrement à cœur. Sa satisfaction réside surtout dans le fait que depuis quelque temps il se sent un peu écarté du dossier ; avec cette demande pressante, il comprend que la commissaire ne lâche pas l'affaire et il se permet même une boutade en un créole aux accents du Midi : « *Zanfan i kriy pa, i gany pa tété* ».

Félicie aime cette maxime dont la traduction littérale ne manque pas de saveur et chaque fois que les membres de son équipe quittent le commissariat pour des enquêtes de voisinage ou autres, elle se fait un plaisir de leur répéter cette phrase.

En un clic, Bertrand obtient les réponses attendues. Ainsi qu'ils en avaient convenu, il n'a pas cessé de pister le livreur, et de le géolocaliser grâce à son mobile. Il n'est qu'à moitié surpris d'apprendre que Vincent Rodriguez est l'auteur de ce message. Après tout, ce n'est pas la première fois qu'un assassin nargue la police, surtout lorsqu'il s'agit d'un serial killer.

Il annonce d'un air triomphant :

— Je m'en doutais, c'est Vincent Rodriguez qui t'a envoyé ce message, il est dans les environs de Grasse à Plascassier, très exactement. Cette fois-ci on va pouvoir le cueillir notre homme.

— Tu ne vas rien cueillir du tout, tu restes où tu es, lui répond Félicie Hoareau, ordre de la préfecture, mobilisation générale, tu es au courant non ?

— On fait quoi alors, on attend les bras croisés qu'une troisième victime passe de l'autre côté ?

Le lieutenant emploie sciemment cette expression, à La Réunion « mourir » se dit pudiquement : « *Alé koté tantot* ».

La réponse ne se fait pas attendre :

— Je vais me mettre en relation avec le commissariat de Grasse, il faut d'abord que les officiers vérifient s'il existe bien une Florence Cantarelli dans leur localité, et d'ailleurs cela ne nous empêche pas de continuer nos recherches par internet.

Ensuite, ce sont les équipes de police et de gendarmerie du coin qui verront ce qu'elles doivent faire sur place. Personne n'a intérêt à laisser courir un dangereux meurtrier dans la nature, pas plus qu'une meurtrière.

Bertrand entend la fin de phrase comme un avertissement, sa chef veut lui signifier qu'elle n'est toujours pas convaincue de la culpabilité du livreur. Il est pris d'une rage folle intérieurement, mais il sait qu'il ne la fera pas changer d'avis. De plus, il est de permanence samedi et dimanche, il devra attendre lundi pour reprendre la discussion, si ce n'est pas trop tard, car d'ici là, la troisième jeune femme passera peut-être l'arme à gauche, comme on dit chez nous.

Dès que son adjoint tourne le dos, Félicie Hoareau jette un coup d'œil sur le planning affiché sur le tableau de bord. Tout est prévu jusqu'à lundi. Quant à son propre emploi du temps, il risque fort d'être chamboulé : elle avait prévu quelques heures de repos afin de se rabibocher avec son homme… Cela n'est pas si urgent finalement. Elle a mieux à faire, pense-t-elle, tandis que l'idée d'aller passer une partie du week-end au pays des fleurs, sur la Côte d'Azur, germe dans sa tête.

Naviguer en eaux troubles

Plascassier, samedi 10 novembre 2018

Cette idée a germé dans sa tête voilà plus d'une semaine maintenant, Sophia est enfin sûre de sa décision : elle proposera à Florence de partir vivre avec elle en Grèce.

Dans moins d'une demi-heure, elles se retrouveront pour déjeuner à l'Auberge Provençale, c'est là qu'elle fera sa déclaration à la jeune fille.

Elle ne comprend pas vraiment ce qui la pousse à agir ainsi. Elle a de l'empathie pour cette fille paumée, de l'empathie et du désir aussi, elle ne peut pas se le cacher même si depuis sa tentative de drague maladroite elle n'a plus jamais essayé de séduire son amie.

Les vingt ans qui les séparent ne sont pas pour elle une ligne de démarcation, Sophia a déjà eu des hommes et des femmes dans sa vie beaucoup plus âgés ou plus jeunes qu'elle, l'amour physique n'a pas de frontière infranchissable. Elle pense même que dans un pays étranger Florence pourra se sentir plus libre et se laisser aller pour vivre une sexualité qu'elle s'interdit ici. La cueilleuse jouira d'une plus grande liberté mais peut-être sera-t-elle plus dépendante de sa protectrice ? Cette question taraude la parfumeuse, et il y a de quoi car elle se rend compte de l'attrait qu'elle exerce sur la jeune fille, et cette sorte d'idolâtrie la met mal à l'aise.

La parfumeuse est troublée par les visites de Florence dans son laboratoire, elles ne sont pas fréquentes mais toujours d'une grande intensité. Au cours des six derniers mois, depuis qu'elles se connaissent, la jeune femme a poussé la porte de l'atelier une dizaine de fois et le rituel est toujours le même : elle reste assise sans bouger face à l'orgue, dans un silence sacré, son corps légèrement tendu vers l'avant. Sophia a la drôle d'impression que Florence perçoit la vibration des odeurs et que d'une certaine manière elle a le pouvoir de guider sa main pour choisir les essences et doser les mélanges, une sorte de télépathie difficile à expliquer. L'émotion de la jeune cueilleuse est palpable, sa respiration courte et sifflante à la limite de la suffocation laissant transparaître son anxiété.

Aussi étrange que cela puisse paraître, à chacune de ces visites, la créativité de la parfumeuse avait été décuplée par cette présence insolite. Serait-elle sa muse ?...

Sophia se demande si, loin de Florence, son inspiration aurait la même intensité ; en même temps, comme elle n'a jamais été l'objet d'une pareille fascination, cela la déstabilise plus que cela ne la flatte.

Depuis son adolescence elle a toujours su mener sa barque et n'est jamais montée à bord d'un bateau sans appréhender les fonds marins, mais cette fois-ci, elle a l'impression de naviguer en eaux troubles : connaît-elle vraiment celle avec qui elle veut faire équipe ?

Savoir que son amie n'a rien à perdre facilite sa prise de décision : que peut-il arriver de pire à Florence que cette vie misérable d'ici ? Elle ignore tout de sa famille et de ses amis mais elle ne pose jamais de questions, sachant très bien qu'elle n'aura pas de réponse. La cueilleuse vit de façon précaire entre deux embauches, à Athènes Sophia lui permettra de jouir d'un peu plus de confort dans son existence, après tout à 40 ans elle n'a pas d'enfants et peut bien pour une fois faire preuve de générosité.

Elle n'est pas très sûre qu'elles pourront cohabiter même si Florence devenait sa maîtresse : elle craint de ne pas supporter cette sorte d'admiration béate au bout de quelques mois. Sans doute lui louera-t-elle dans un premier temps un petit appartement près du sien. Elles ne vivront pas sous le même toit. Elle pense aussi qu'il serait plus raisonnable de lui proposer de venir la rejoindre plus tard, dans quelques mois, le temps qu'elle prenne ses marques à Athènes.

Ce qui est sûr c'est que dans quelques minutes son amie pénétrera dans le restaurant et pour l'instant Sophia ne sait toujours pas si elle doit lui dire les raisons qui l'obligent à quitter précipitamment un boulot qui lui plaît et une ville dans laquelle elle se sentait bien jusque-là. Doit-elle lui parler de Jurgen Wenzel et des menaces qu'il fait planer sur elle ? Elle réalise qu'elle ne peut pas faire complètement confiance à cette fille qu'elle est pourtant prête à embarquer dans sa vie. Une fille qu'elle ne connaît pas plus que ça finalement.

Elle a pourtant bien réfléchi à tout cela, se demandant quelle était la nature de ses sentiments, s'interrogeant même sur cette relation à venir, son évolution dans le temps lorsque le désir se sera envolé.

Au fond, que risque-t-elle ? La cueilleuse, avec sa vie de marginale, n'a aucun avenir et n'a rien à perdre et si toutefois cela ne marche pas ou plus entre elles, elle lui offre quand même la possibilité de vivre une aventure qui ne pourra que la faire grandir.

Et si Florence refuse ? Cette pensée à peine formulée, Sophia la chasse de son esprit. Si elle refuse, ce ne sera pas si grave : c'est elle qui aura fait le choix de ne pas la suivre et elle ne pourra pas lui reprocher de l'avoir abandonnée. En formulant cette pensée, Sophia se rend compte qu'en fait elle redoute la réaction de Florence qu'elle sait imprévisible.

En entrant dans la salle du restaurant, Sophia se dirige droit vers la table, réservée par ses soins, dressée près de la grande cheminée où l'odeur du chêne qui crépite dans l'âtre la ramène dans son univers olfactif préféré. Il est à peine midi, son amie n'est pas encore arrivée, et les clients ne sont pas nombreux. Elle croise du regard l'homme qui a déjeuné hier dans le même bistrot qu'elle, sur la place aux Aires : avec sa balafre sur la joue impossible de ne pas le reconnaître.

Depuis quelques semaines, sa vie est tellement perturbée que plus rien ne lui semble étrange, d'autant que le jeune homme est chaussé de pataugas et porte un sac à dos ; sans doute, pense-t-elle, part-il ramasser des champignons, car en cette saison d'automne et avec la pluie qui s'est abattue sur la région, la cueillette doit être bonne.

Pendant de brèves secondes, la senteur de mousse humide des sous-bois, si souvent explorée dans ses fioles, remonte à ses narines. Elle se demande quelles odeurs lui seront réservées à Athènes sinon peut-être celles de pneus et gaz pollués peu inspirants pour la création de nouveaux parfums.

Alors, pour ne pas se laisser gagner par la nostalgie avant l'heure, elle respire un grand coup et, par la magie de son esprit rompu à ce type d'exercice, l'odeur de celle qui ne va plus tarder à arriver entre en elle. Une odeur sauvage et douce à la fois, insaisissable et qu'aucun mot ne saurait décrire.

Vincent a juste eu le temps d'apercevoir en sortant de l'auberge la femme qui était dans le même resto que lui hier midi. Cette coïncidence lui semble bizarre mais il ne cherche pas à savoir, il a d'autres chats à fouetter. Une course contre la montre est engagée, il a prévenu la commissaire marseillaise, elle connaît maintenant l'identité de celle qui va être la troisième victime et les forces de police vont se mettre en mouvement ; il n'a pas de temps à perdre.

À quelques centaines de mètres de l'Auberge Provençale, sur la route en contre-bas à la sortie du village, un grand portail en fer forgé protège l'accès au domaine de Maoui, l'une des plus grandes exploitations horticoles de Plascassier. Vincent sait que les propriétaires ont hébergé la cueilleuse, ils pourront sûrement lui indiquer sa nouvelle adresse. Après quelques secondes d'hésitation, le temps de se dire qu'il aurait dû prévenir les propriétaires de sa visite, il fait tinter la grosse cloche en bronze qui n'a d'autre effet que celui de réveiller le labrador dont les aboiements viennent troubler la pause déjeuner de ses maîtres.

La femme approche de l'entrée ne cachant pas sa mauvaise humeur :

– C'est pour quoi ? J'espère que ce n'est pas pour vous faire embaucher pour le ramassage du jasmin : aujourd'hui c'est samedi et on ne reçoit pas, il faut revenir lundi.

– Non, je suis désolé de vous déranger mais c'est assez urgent, je suis à la recherche de Florence Cantarelli, une saisonnière qui a logé chez vous au printemps dernier et…

– Vous êtes de la police ? Qui êtes-vous et pourquoi la recherchez-vous ?

Si j'étais de la police, c'est moi qui poserais les questions… Vincent sourit en repensant aux méthodes d'interrogations du lieutenant Schiappani, l'idée qu'on puisse le prendre pour un flic lui donne envie de rigoler mais il se retient et répond d'un ton qu'il veut persuasif :

– Je suis son frère, c'est vrai je ne me suis pas présenté, mille excuses, mais je suis assez désemparé depuis quelques jours. Notre mère est morte et je dois retrouver ma sœur avec qui la famille est un peu brouillée, il faut qu'elle sache, l'enterrement aura lieu lundi à Marseille.

Celle qui ne s'était pas présentée non plus, la propriétaire sans doute, lui dit d'un ton radouci :

– Ah… Je savais pas que cette petite avait encore de la famille, elle était très réservée et venait ici que pour dormir après sa journée de travail dans les champs de fleurs. Elle était pas employée chez nous, on l'a dépannée car elle a eu des déboires avec ses colocataires, mais je peux pas vous en dire plus car au fond je sais pas ce qui s'est passé…

Bien joué, se dit Vincent, le coup de l'enterrement ça marche à chaque fois… Il prend un air contrit et acquiesce :

– Oui, ma sœur elle est sauvage, elle a plus donné signe de vie depuis plus d'un an, est-ce que quelqu'un pourrait me dire où elle habite maintenant ? Est-ce que vous savez si elle a des amis ici, ou un petit copain ?

– Un petit copain, je saurais pas vous dire mais un soir j'ai vu un garçon sortir de sa chambre un peu tard dans la nuit, j'imagine qu'il est venu lui conter fleurette, c'est qu'elle est mignonne votre sœur, hein ?… Après, celui-là, je l'ai plus vu et d'ailleurs je le reconnaîtrais pas, je sais juste qu'il était brun et avait une barbe mal rasée comme cela se fait maintenant…

– Et les amis ? Vous connaissez certains de ses amis ?

— Ah ! Ça non, je vous l'ai déjà dit, votre sœur, elle était pas causante. Si mon mari a accepté de l'héberger, c'est pour faire plaisir à Mme Vassilios, vous savez le nez qui travaille pour Fragonard. Nous voulons être en bon terme avec tous les patrons d'usines de parfum du coin, même si nous ne sommes pas leur fournisseur attitré, quand c'est possible nous leur rendons service.

— Cette Mme Vassilios, vous pensez qu'elle sait où se trouve Florence maintenant ? Vous savez où je peux la joindre ?

— Ben vous pourrez aller la voir à l'usine Fragonard à Grasse lundi…

Vincent lui coupe la parole :

— Lundi, c'est le jour de l'enterrement.

— Ah ! oui, c'est vrai, lui dit-elle confuse.

Elle essaie de rattraper le coup :

— Bon, Mme Vassilios, elle a une petite maison dans le village et elle vient presque tous les week-ends, je peux pas vous donner son adresse mais vous la verrez sûrement demain, c'est dimanche et elle déjeune souvent à l'Auberge Provençale, d'ailleurs on y mange très bien… Sinon, maintenant que j'y pense elle nous a téléphoné y a pas si longtemps pour savoir si on avait besoin de saisonnier en janvier pour la cueillette du jasmin, elle a même rajouté que Florence Cantarelli allait sûrement nous appeler de sa part. Encore une qu'il va falloir recaser, mais bon, pour le moment elle ne s'est pas manifestée.

Vincent se demande si la Vassilios en question pourrait-être la femme qu'il vient de croiser dans l'auberge, le hasard ferait bien les choses…

— Elle est comment cette parfumeuse, si je la croise demain matin il faudrait que je sache à quoi elle ressemble…

La réponse ne se fait pas attendre :

— Oh ! c'est une beauté rare, une vraie star de cinéma, elle a des yeux d'un vert !… J'en n'ai jamais vu des comme ça, je peux même pas vous dire mais c'est une couleur pas comme les autres. Elle est grecque, ça s'entend quand elle parle et ici tout le monde le sait, mais quand on la voit on peut pas deviner ses origines car elle a la peau blanche comme un cachet d'aspirine… Celle-là, il faudrait pas qu'elle fasse la cueillette quand le soleil y cogne, remarquez, les nez on les voit pas souvent dans les champs, mis à part pour venir contrôler comment les fleurs sont ramassées…

Vincent essaie de cacher son trouble : c'est donc bien elle ! Tandis qu'il laisse parler la propriétaire, il songe qu'il devrait peut-être retourner à l'auberge pour interroger la parfumeuse, puis il se ravise : il sera toujours temps de la rencontrer demain midi, il ne veut pas éveiller les soupçons. Il insiste auprès de la patronne qui, maintenant, semble l'avoir à la bonne :

— Il faut vraiment que je retrouve ma sœur avant demain soir pour la ramener avec moi lundi pour l'enterrement, vous n'avez pas une idée de l'endroit où elle pourrait être ?

Cette femme, la cinquantaine bien avancée, ressemble à Yvette Détailleur, sa patronne, sans doute parce qu'il n'en faudrait pas beaucoup pour qu'elle le prenne sous son aile protectrice, elle aussi. Son cœur se met à battre plus fort lorsqu'il l'entend dire :

— Oh ! Cette petite elle a vraiment pas l'air d'avoir des cent et des mille, ça se voyait qu'elle roulait pas sur l'or… À mon avis, elle a pas dû se louer un appartement en bord de mer quand elle est partie… Je sais pas moi, si ça se trouve elle vit dans un cabanon à quelques kilomètres d'ici, il y en a en pagaille dans le maquis, certains sont abandonnés et y a même plus de route praticable pour y aller. J'ai entendu dire que des jeunes marginaux se sont installés sans rien demander à personne… Ben oui, ces bicoques elles sont squattées comme on dit, et personne ne fait rien, même pas le maire, d'ici à ce qu'un jour un incendie se déclare, y a pas loin.

Vincent se contente de hocher la tête en signe d'approbation, puis l'air de rien il tire de la poche de son sac à dos la carte IGN qu'il a pris soin d'emporter et demande :

— Vous pourriez me montrer de quel côté je dois me diriger pour chercher ces cabanons, j'ai un peu de mal à me repérer.

Faire éclater la vérité

Plascassier, samedi 10 novembre 2018

J'ai toujours eu du mal à me repérer, surtout quand il fait nuit, pense Félicie tandis qu'elle roule lentement sur la petite départementale et arrive en fin d'après-midi à l'entrée du village de Mons Sartoux ; elle n'hésite pas à s'arrêter pour demander sa direction, elle ne fait qu'une confiance limitée au GPS. La chambre d'hôte « La Dolce Vita », réservée à la hâte hier soir, est à la sortie d'un hameau et elle doit emprunter un chemin de terre peu carrossable pour s'y rendre mais lorsqu'elle gare sa voiture sur le parking de la demeure elle doit reconnaître que celle-ci porte bien son nom : là tout n'est qu'ordre et beauté, luxe, calme et volupté, se dit-elle, empruntant à Baudelaire ces vers tant de fois récités.

Le jardin éclairé par des guirlandes et lampions solaires laisse entrevoir chaises longues et transats languissant autour d'une grande piscine sans doute chauffée et encore découverte en cette saison d'automne. C'est quand même dommage de venir ici sans amoureux, ne peut s'empêcher de penser Félicie, se promettant de revenir ici un jour avec Adrien *tanto,* ce qui pourrait se traduire par : « Ce n'est pas demain la veille » ou par « Quand les poules auront des dents. » La dispute houleuse, après que Félicie lui a annoncé son intention de partir pour Grasse, a duré la nuit entière et une bonne partie de la matinée ; cette nouvelle altercation repousse aux calendes grecques l'embellie attendue.

La patience de la commissaire a des limites comme celle de tout un chacun, et peut-être encore plus pour elle car elle est souvent confrontée à l'agressivité dans l'exercice de son métier, aussi elle aimerait bien avoir la paix quand elle rentre chez elle. Au lieu de cela elle a le sentiment que la guerre ne cessera jamais et hier encore son mari s'en était pris à ses parents, traitant son père de fainéant, l'accusant d'avoir fait des enfants uniquement pour toucher *l'arzent braguette*, ce qui a eu le don de faire sortir de ses gonds Félicie car elle ne supporte pas qu'il puisse imaginer un seul instant que sa famille vivait aux crochets de la CAF et autres aides de l'état alors que ses parents se sont saignés aux quatre veines pour que chacun des enfants ait une situation.

En fin de matinée, elle avait téléphoné au docteur Laubier pour lui demander si elle pouvait le rencontrer avant de partir pour Grasse, car elle avait besoin d'en savoir plus sur le résultat des recherches concernant les traces d'ADN retrouvées chez Élodie Barles. En vérité, elle avait surtout envie de voir le légiste pour s'assurer qu'elle lui plaisait toujours autant ; après tout, si son mari continue à lui courir sur le haricot, il se pourrait bien qu'un jour elle tombe dans les bras du *koko,* sachant que s'il disait oui elle ne dirait sans doute pas non.

D'ailleurs, lorsqu'elle a demandé à le rencontrer, il a tout de suite dit oui ; il en a même laissé tomber son sacro-saint jogging du samedi matin pour la retrouver à l'heure de l'apéro sur la terrasse de l'Escale, un bar sympa situé sur la plage du Prado. Elle aurait bien fait une escale un peu plus longue en compagnie de Jacques Laubier, mais la commissaire a le sens du devoir… Elle avait quand même accepté de déjeuner avec lui, et les informations surprenantes qu'il lui avait données valaient bien le détour et allaient lui faire gagner un temps fou même si cela l'avait obligée, dans l'après-midi, à repasser par son bureau pour faire quelques recherches sur le net et donner quelques coups de fil avant de se rendre dans le village de Plascassier.

L'emploi du temps minuté de la policière laissait peu de marge pour la gaudriole mais le docteur avait eu droit malgré tout à un *béko* et à la promesse de la revoir dès lundi, en tout bien tout honneur bien sûr !

Lorsqu'elle pénètre dans la belle chambre aux murs badigeonnés de chaux cirée, Félicie ne regrette pas d'avoir choisi cet endroit un peu éloigné du village où elle se rendra demain matin, elle sait qu'ici personne ne viendra troubler son repos ; cependant quand elle aperçoit le grand lit à baldaquin en ferronnerie d'où descend un drapé de voile blanc, elle ne pense plus vraiment au repos… Ce ne serait pas bien raisonnable, se dit-elle, tandis qu'au fond d'elle-même elle est quasiment sûre que si elle demandait à Jacques Laubier de la rejoindre, il trouverait un prétexte pour le faire.

La fatigue, après sa nuit de dispute bien mouvementée et sa journée bien remplie, l'oblige à reconnaître que l'heure n'est pas aux galipettes : il faut savoir ménager sa monture et demain nécessitera d'elle la plus grande acuité et une forme physique olympique pour mener à bien la mission qu'elle seule s'est imposée. Ce soir, elle se contentera de dîner à la table des maîtres de maison qui ont l'air bien charmants et de se mettre au lit le plus tôt possible.

Après avoir pris une bonne douche et avant de descendre rejoindre ses hôtes, elle établit son plan d'action pour le lendemain, puis elle essaie une dernière fois d'appeler Vincent Rodriguez sur son portable, il faut absolument qu'elle arrive à le joindre avant qu'il ne soit trop tard. Elle sait par l'intermédiaire de son adjoint que le livreur n'est qu'à une dizaine de kilomètres de là où elle se trouve mais sa trace a été perdue : pas de couverture de réseau. La commissaire est d'autant plus inquiète que les informations qu'elle a recueillies prouvent que le danger est imminent.

Si Vincent a l'habitude d'arpenter les artères principales de Marseille aux heures de pointe quand la pollution est à son paroxysme, il n'est pas très habile pour marcher dans la garrigue, même si l'air y est particulièrement pur. Les chemins qui serpentent à travers les buissons de chênes kermès sont caillouteux, le pas du livreur est mal assuré, et sa jambe infirme le déstabilise. De plus, tous ces sentiers se ressemblent, et les griffes des végétaux qui les envahissent semblent se donner le mot pour retarder sa marche. La carte IGN n'est pas d'un grand secours pour lui car les parcours ne sont pas tous balisés et de toute manière il ne sait pas l'interpréter. Au bout de deux heures, il a l'impression désagréable de tourner en rond et se demande s'il ne s'est pas trompé de direction tellement il se sent perdu au milieu d'une nature hostile. Il doit bien y avoir une route praticable qui mène aux cabanons décrits par la propriétaire du Mas Maoui : comment la cueilleuse peut-elle vivre ici, coupée du monde, et comment fait-elle pour se réapprovisionner ?

Il finit par se demander si l'horticultrice ne l'a pas mis volontairement sur une fausse piste. Et si elle aussi, comme les autres, guettait son faux pas ? Il chasse cette idée saugrenue ; *je deviens complètement fada, cette femme elle ne sait pas qui je suis et elle a eu l'air de me croire quand je lui ai dit que je recherchais ma sœur, il faut que j'arrête avec ma parano...*

Il essaie de se recentrer sur l'instant présent, vivre « ici et maintenant » ainsi que le préconise sa prof de yoga en accord avec le docteur Martinier, ces deux-là d'ailleurs sont toujours sur la même longueur d'onde, à croire que dans leur vie ils sont hors sol !

Chemin faisant, il se dit qu'« ici », il pourrait s'arrêter un peu, et que « maintenant » il casserait bien la croûte : se remplir le ventre lui permettra de se vider la tête.

Après son frugal repas, Vincent s'octroie même une sieste réparatrice allongé sur une roche calcaire, et l'odeur sucrée des plantes du maquis l'enveloppe dans une douce torpeur le réconciliant presque avec la nature.

Lorsqu'il reprend sa marche, il ne sait toujours pas s'il est dans la bonne direction, mais l'heure de repos lui a fait du bien et sa patte folle le fait moins souffrir ; il reprend confiance en lui et est bientôt complètement rassuré en apercevant au détour d'un sentier deux cabanons séparés par un abri de tôle ondulée, posés là dans la garrigue, véritables oasis dans le désert.

Sous la tonnelle de fortune, un homme est occupé à sculpter dans un tronc d'arbre un objet encore difficile à identifier. Il ne semble pas surpris par l'arrivée de Vincent qui lui demande :

— Est-ce que c'est ici que vit Florence Cantarelli ? … C'est galère pour la trouver, cela fait plus de quatre heures que j'ai quitté le village de Plascassier, j'ai traversé le maquis, j'ai pas rencontré âme qui vive et j'ai bien cru que j'y arriverais jamais.

— Mais quelle idée d'être parti de Plascassier, vous, vous devez pas souvent venir dans le coin, Plascassier à vol d'oiseau c'est pas loin, mais quand on vient à pied il vaut mieux arriver par le hameau de Saint-Pancrace, on est à une demi-heure de la départementale mais on ne peut pas venir en voiture…

Le sourire goguenard du sculpteur ne plaît pas vraiment à Vincent mais sans se laisser désarçonner il lui redemande :

— La fille, Florence, c'est ici qu'elle habite ?

— Non, pas ici. On est quatre mecs à vivre là, c'est tout. Tu lui veux quoi à cette greluche ?

Ce qu'il lui veut, ça le regarde pas, et ce n'est sûrement pas à ce baba cool qu'il va raconter son histoire. Il repose calmement, pour la troisième fois, la même question :

— Elle habite où ?

— Je sais pas si c'est celle que tu cherches mais il y a une nana qui vit seule dans un cabanon abandonné, à environ cinq cents mètres de chez nous, je connais pas son nom et elle ne passe jamais devant nos baraques quand elle va et vient. Elle a pas l'air d'aimer la compagnie. Pas compliqué pour aller la rejoindre, tu tires tout droit et après ben tu peux la tirer si t'es venu pour ça. Mais fais gaffe, je crois qu'elle a un mec, je les ai jamais vus ensemble mais de temps en temps il emprunte le raccourci et je l'aperçois le soir dans le maquis quand il repart.

L'artiste ne fait pas dans la dentelle et Vincent n'est pas mécontent de le planter là, au risque de lui en planter une si le zig continue ses plaisanteries douteuses.

Un quart d'heure plus tard, il découvre enfin le refuge de la cueilleuse, une maisonnette en pierre sèche recouverte d'un enchevêtrement de lianes vertes et de branchages. Vue de l'extérieur, elle ressemble à un poste de guet que les chasseurs construisent parfois dans des matériaux plus sommaires, souvent de vieilles planches. Les rares fenêtres n'ont pas de volets, mais les vitres ont été obstruées par des cartons scotchés de l'intérieur sans doute pour se tenir à l'abri des regards indiscrets. Une cachette idéale. Le silence qui règne laisse à penser que la fille n'est pas dans les parages. Vincent donne quelques coups de poing sur la porte de bois et force sa voix pour demander s'il y a quelqu'un, sans obtenir de réponse.

Après avoir fait le tour de l'habitation et s'être assuré qu'il lui suffit de casser un carreau pour ouvrir la fenêtre et pénétrer dans le cabanon, Vincent s'assoit, adossé à la porte, il attend, il a tout son temps maintenant. Le plus dur est derrière lui, il devait venir jusqu'à elle pour la protéger, il a enfin trouvé l'endroit où elle vit, elle ne va plus tarder.

Il reste encore un peu de jour, c'est l'heure entre chien et loup où tout peut basculer. Vincent voudrait passer un dernier coup de fil avant la nuit mais depuis qu'il a pris le maquis, il est coupé de tout contact, ici le réseau ne passe pas. Personne ne peut savoir où il est, même pas la commissaire, bizarrement il ne se sent pas en danger.

La cueilleuse finira par revenir, il est là. Et la pensée qu'il a marché jusque-là malgré sa jambe estropiée lui procure une joie amère. Il pourra bien passer la nuit à guetter son retour, il est arrivé à temps : il préviendra la fille du danger qui la menace, il lui racontera toute son histoire et ensemble ils rejoindront la gendarmerie de Grasse.

Vincent lutte contre la douce torpeur qui l'envahit, il regarde le ciel où les étoiles commencent à poindre ; il cherche la sienne, sa bonne étoile, celle qui lui montrera le chemin où même les boiteux vont de l'avant. Ses pensées le ramènent auprès de Leïla, c'est peut-être sous un ciel étoilé qu'ils se sont connus, ce soir il repense à cette nuit étrange où tout a commencé. Il sait maintenant au plus profond de son être que pour elle, il est prêt à décrocher la lune.

Il pénétrera tout à l'heure dans le cabanon en cassant un carreau à la fenêtre, il sera mieux à l'intérieur pour attendre.

Pendant un instant il lui semble voir Leïla au détour du sentier qui mène vers lui. Il rêve éveillé : cela fait si longtemps qu'il n'est plus tombé amoureux. Après tant d'années durant lesquelles il s'était interdit de vivre, il peut de nouveau regarder une fille dans les yeux et accepter en retour d'être regardé : croire que tout est possible.

Après quelques instants de flottement, il sort de sa rêverie indolente et se souvient qu'il est là pour protéger Florence Cantarelli et faire éclater la vérité. Il regarde sa montre, les heures à venir vont être longues.

Pas une minute à perdre

Plascassier, dimanche 11 novembre 2018

Le lendemain matin quand Félicie Hoareau regarde sa montre, elle n'en croit pas ses yeux gonflés de sommeil : elle a dormi douze heures d'affilée, cela ne lui était plus arrivé depuis des lustres.

Le petit déjeuner pris dans la grande véranda est digne d'un cinq étoiles, une seule chose la chagrine, ne pas pouvoir goûter à toutes les confitures « maison » aussi prometteuses les unes que les autres ; le temps presse et elle ne peut s'éterniser dans ce jardin d'Éden mais elle a bien envie d'y revenir pour ces délices et quelques autres, espère-t-elle.

Avant de quitter « La Dolce Vita », la commissaire tente de joindre Vincent Rodriguez et elle est de plus en plus inquiète, la communication est toujours impossible.

Son plan est établi : elle se rendra d'abord dans les bureaux de gendarmerie de Grasse pour rencontrer son homologue afin de lui transmettre toutes les informations qui sont en sa possession ; ces renseignements sont primordiaux et elle se doit de les partager afin que les recherches démarrent le plus rapidement possible pour éviter un troisième meurtre.

Lorsqu'elle entre dans les locaux, elle est surprise de voir comme tout est en ordre rangé. Tout sauf le bataillon car en dehors du commandant, aucun gradé n'a été sollicité pour venir assister à cette entrevue. Pour un peu elle se sentirait vexée, elle a sacrifié son week-end et fait deux-cents kilomètres pour jouer les justicières et pour ne pas avoir une nouvelle victime sur la conscience. Mais elle sait par expérience qu'elle ne doit pas la ramener.

Les coopérations entre gendarmerie et police ne sont pas toujours évidentes et encore moins quand ces institutions ne sont situées ni dans la même ville ni dans le même département. Félicie doit batailler pour que le bataillon accepte de se mobiliser un dimanche, jour de célébration de l'armistice. D'autant que pour couronner le tout elle n'est même pas en mission officielle ! Par chance, dans son métier elle excelle à manier la force… de persuasion.

Avant d'abattre ses cartes, elle décide de voir ce que le commandant Jaufray a dans ses mains. Elle l'interroge sur les pratiques illicites qui existent dans les entreprises de parfumerie liées bien souvent à la malveillance d'employés, elle évoque aussi les dernières histoires d'espionnage qui ont défrayé les chroniques de faits divers. Bref, elle s'assure que l'officier de gendarmerie n'a pas plus d'information qu'elle n'en a.

Au moment où elle commence à dévoiler les résultats des tests ADN, ils sont interrompus par un coup de téléphone. Même si elle ne distingue pas les paroles de l'interlocutrice au bout du fil, elle ne tarde pas à comprendre de quoi il s'agit et n'est pas surprise lorsqu'elle entend le commandant s'exclamer :

– Pas une minute à perdre, ne touchez surtout à rien, je préviens mon supérieur et j'appelle mes hommes, dans une demi-heure nous serons à Plascassier sur les lieux. Surtout, je vous le répète, ne touchez à rien sur la scène du crime, il faut que la police scientifique puisse effectuer son travail dans les meilleures conditions.

Lorsque le commandant raccroche, il lui dit simplement :

– Je crois que vous êtes arrivée un peu trop tard. Le meurtre a été commis.

La commissaire voudrait bien rabaisser son caquet à ce jeune coq, il n'a pas de quoi monter sur ses ergots car elle en sait beaucoup plus que lui sur cette affaire. Elle a la désagréable impression que le commandant n'est pas mécontent de reprendre la main. Elle pense qu'ici comme ailleurs les flics sont tous des machos, puis ravalant son amour-propre, elle murmure :

– Nous avons perdu assez de temps comme cela, mais avant de monter à Plascassier laissez-moi vous dire ce que je sais, cela peut nous faire avancer plus vite ; je connais maintenant le nom de la personne qui commet ces meurtres en série et nous avons les moyens, si nous unissons nos forces, de faire cesser ce carnage, sinon, un quatrième meurtre interviendra dans les heures qui suivent et celui-là je veux l'éviter à tout prix car j'en porterai la responsabilité, c'est la raison de ma présence.

Dans les petits villages, les rumeurs courent plus vite que la police et les habitants sont venus nombreux sur la place pour assister à l'arrivée des forces de l'ordre. Sans prendre la peine de répondre à leurs questions, la commissaire et le commandant suivis de trois gendarmes se dirigent vers la scène de crime.

Avant d'entrer, ils prennent soin de revêtir leurs combinaison, chaussons, gants et masque afin de n'effacer aucune trace ou empreinte qui pourraient servir d'indice.

La commissaire n'est pas étonnée de voir le bouquet de roses qui trône sur la table du salon : elle s'attendait à cette mise en scène macabre. Elle note cependant que cette fois-ci le bouquet n'a pas été livré, et semble avoir été acheté sur un marché car les fleurs sont disposées dans le vase sans leur papier d'emballage.

Une bouteille de champagne et deux coupes dont l'une est encore pleine sont posées sur un plateau argenté ; Félicie fait une grimace devant ce cadre idyllique : le décorum propice au tête-à-tête amoureux a quelque chose d'inconvenant, voire de grotesque ; elle imagine la victime en train de trinquer à leurs amours et boire un dernier coup… Un coup mortel.

Les gendarmes ne touchent à aucun des objets : la police scientifique arrivera d'un instant à l'autre et ce sont ses officiers qui devront se charger des prélèvements. Le commandant Jaufray et la commissaire Hoareau savent qu'ils n'auront pas à attendre le résultat du labo pour faire leur job : dès la fin de matinée, lorsque le constat aura été établi, les ordres seront donnés pour qu'une patrouille de recherche se mette en marche pour éviter un nouveau crime.

Félicie pousse la porte de la chambre, elle est saisie par la douceur qui y règne. Un rayon de soleil s'est glissé à travers la fenêtre dont les volets n'ont pas été fermés, il s'est couché sur le corps de la défunte qui semble endormie, l'enveloppant d'une chaude lumière.

La commissaire n'a pas besoin de chercher la présence d'un brûleur de parfum car elle respire à plein poumon malgré son masque et ne remarque aucune odeur suspecte dans l'air contrairement aux scènes de crime du meurtre de Marion Varten et de celui d'Élodie Barles. Elle se demande pourquoi cette fois-ci le cérémonial a été écourté, sans doute par manque de temps, pense-t-elle, ou par désir d'aller à l'essentiel : en finir vite avec une histoire qui a mal tourné. Elle est quand même surprise de voir que cette fois-ci peu de précautions ont été prises pour ne pas laisser de traces.

Elle s'approche du cadavre et regarde avec intensité le visage de la victime, le message qu'il lui renvoie n'est rien d'autre que celui d'une mort sereine qui semble porter en elle le mystérieux pouvoir de délivrance.

Pendant un instant, elle imagine qu'il pourrait s'agir d'un suicide dont il faudrait déterminer la cause. Elle voudrait s'accrocher à cette idée car ça l'empêcherait de porter la culpabilité de ce crime qu'elle n'a pu empêcher. Mais Félicie ne sait pas mentir, surtout pas à elle-même : c'est un assassinat, le troisième et peut-être ce ne sera pas le dernier.

Sur la table de chevet, la feuille blanche sur laquelle a été griffonné un poème de Baudelaire lui ôte ses derniers doutes : il s'agit bien d'un empoisonnement, nul besoin d'attendre les résultats d'une autopsie, sinon pour savoir si la ricine a été employée.

Le commandant fait un signe de connivence à Félicie au moment où elle s'approche du message baudelairien ; il a été mis au courant par la commissaire du mode opératoire qui a prévalu pour chacun des meurtres, aussi n'est-il pas étonné de cette découverte.

Elle prend connaissance du poème et ses lèvres remuent tandis qu'elle lit en silence. Elle se laisse bercer par les mots de Baudelaire, « L'invitation au voyage » est un de ses poèmes préférés. Subitement, elle se souvient s'en être récité quelques vers, hier soir à « La Dolce Vita ». Cette étrange coïncidence la rend songeuse, elle ne sait pas si c'est un hasard mais elle est souvent confrontée à ce genre de situation où sa pensée suit des méandres étonnants la guidant sur la piste d'éléments déterminants. Elle préfère dire qu'elle est intuitive car elle ne sait pas comment elle pourrait qualifier l'état dans lequel elle est capable de se mettre pour approcher la vérité.

Elle ferme les yeux, en une prière muette. L'espace d'un moment, elle s'accorde la permission de se retirer dans son monde évanescent afin de laisser entrer dans la pièce le fantôme meurtrier dont elle ne tardera pas à ressentir le frôlement ; elle connaît le scénario : il voudra l'attirer dans ses filets et elle essaiera de repousser loin d'elle la fascination qu'il va essayer d'exercer sur elle.

Ce qui a été commis est monstrueux, elle doit penser aux trois victimes : seuls les sentiments de révolte et de répugnance ont le droit d'exister en elle.

Les gendarmes se sont tus et regardent, un peu gênés, cette drôle de bonne femme ne sachant pas quelle attitude adopter face à ce comportement bizarre.

Ce voyage intérieur ne dure guère plus d'une minute, mais chacun sait combien une minute de silence peut paraître longue quelquefois.

Lorsqu'elle ouvre les yeux, Félicie relit à voix haute les extraits de la poésie :

« Mon enfant, ma sœur,
Songe à la douceur
D'aller là-bas vivre
Ensemble !
Aimer à loisir,

Aimer et mourir,
Au pays qui te ressemble ! »

Elle prononce les deux derniers vers d'un ton plaintif à peine audible. Elle termine dans un souffle sa lecture en révélant les initiales en signature : « C. L. »

Lorsqu'elle relit à voix haute une deuxième fois l'extrait du poème sélectionné, elle bute sur le mot « sœur » et il lui semble écrit en lettres fluorescentes. Plusieurs fois lorsqu'elle était entrée dans ses états seconds de rêveries prémonitoires, elle avait eu le sentiment qu'une « âme sœur » s'était invitée et qu'elle ne pouvait la chasser. Et voilà qu'elle revenait à ses côtés avec cette poésie…

Après la lecture, un silence glacial s'est installé dans la chambre où Sophia Vassillios repose, son cou translucide laisse apparaître les veines bleues dans lequel le sang s'est figé. Le pâle soleil s'est figé aussi et ne parvient plus à réchauffer l'atmosphère.

La commissaire frissonne, elle pense à Vincent, à l'heure qu'il est, il est avec la meurtrière dans un coin paumé du maquis. Elle s'en veut d'avoir autant lambiné, Bertrand n'a rien vu venir, elle est sûre qu'il s'est fait embrouiller la tête par sa fille. Ils ont trop tardé, le manque de moyens dans la police ne pardonne rien, ils n'auraient jamais dû lâcher l'affaire. Maintenant il faut faire fissa fissa, sinon ils auront une quatrième mort sur la conscience. *Pa besoin ou la për !* se dit-elle en elle-même, n'aie pas peur ! Puis se tournant vers les gendarmes, elle répète les deux consonnes sibyllines de la signature « C.L. » en insistant sur la liaison dangereuse : « C'est Elle ». Depuis le début de l'enquête, elle avait du mal à imaginer que l'assassin puisse être un homme : le poison est une arme employée la plupart du temps par des criminelles car il n'exige pas d'avoir recours à la force physique. Elle avait surtout ressenti la présence féminine dans l'art funeste de mise en scène, et en particulier dans le choix des extraits de Baudelaire. Elle avait alors pensé que tout avait été fait jusque-là pour que les soupçons se portent sur un homme : la photo sur le téléphone de Marion Varten était celle d'un homme, le client qui avait passé commande pour le bouquet était aussi un mec d'après Yvette Détailleur, sans parler des suspects qui ont été interpellés.

Hier, le docteur Laubier lui a été d'un grand secours pendant leur déjeuner en lui révélant que les traces d'ADN étaient celles d'une femme. L'identité de la coupable restait inconnue, elle n'était pas répertoriée dans le fichier central.

En quittant le légiste, Félicie Hoareau avait éprouvé le besoin d'aller s'enfermer un long moment dans son bureau pour remettre de l'ordre dans sa tête. Elle avait appris par le SMS de Vincent Rodriguez qu'un troisième meurtre allait être commis et Bertrand lui avait indiqué la géolocalisation donnée par le portable du livreur. Pendant que son adjoint tentait d'en savoir plus sur Florence Cantarelli, la troisième victime pressentie, elle avait cherché à comprendre quels étaient les mobiles de la criminelle.

Seule, dans l'hôtel de police quasi désert, la commissaire avait repensé alors au subterfuge utilisé par la meurtrière, se demandant quel sens cela avait eu de se faire passer pour un homme, sinon celui de brouiller les pistes. Elle n'en voyait pas l'intérêt, hormis celui de cacher son identité auprès des victimes qui devaient toutes connaître l'assassin… C'est alors qu'elle avait visualisé la criminelle travestie en homme et elle avait pressenti que celle-ci était certainement atteinte de troubles de personnalité qui allaient au-delà d'un simple subterfuge ; pour comprendre quel pouvait être l'élément déclencheur de ces meurtres en série et qui en était l'auteur, elle devait chercher du côté de la confusion mentale.

Elle avait appelé le docteur Laubier sur son portable en milieu d'après-midi, l'avait tenu au courant de ses réflexions et lui avait demandé d'intervenir en tant que médecin pour avoir des informations à partir des données du fichier Hopsyweb qui recense les personnes internées en hôpital psychiatrique sous contrainte, c'est-à-dire sans leur consentement, en ciblant la région des Alpes-Maritimes en un premier temps.

Une heure plus tard, le médecin légiste l'avait rappelée, il avait un nom à lui donner, la personne avait été internée pour

3 mois, en été 2017 pour trouble de l'ordre public, cette hospitalisation était intervenue après le décès brutal de la mère de la patiente. Elle était décrite comme une marginale n'ayant plus fait parler d'elle et vivant de petits boulots dans le milieu de l'industrie du parfum.

Félicie sait que le compte à rebours a commencé et que Vincent Rodriguez est en danger. Elle voudrait que le capitaine Jaufray déclenche déjà les recherches car plus que jamais la mort rôde ; mais les formalités pour le constat de la mort de Sophia Vassilios prennent un temps infini et les gendarmes attendent l'arrivée de la police scientifique. Pour un peu, elle les planterait là et partirait seule à la recherche de Florence Cantarelli… Ah ! si au moins elle avait demandé à Bertrand de l'accompagner ! Elle pense que ce dernier ne se serait pas laissé embarquer dans des procédures qui n'en finissent plus ; ils seraient déjà partis en duo sur les pistes de la meurtrière. C'est la première fois qu'elle écarte son adjoint d'une affaire et elle se prend à le regretter, elle va devoir agir sans lui… Que peut-il lui arriver ?... Elle est armée et elle se trouvera face à une femme.

Elle imagine un instant Jules et Charlotte sans leur maman, que deviendraient-ils s'il lui arrivait un malheur et Adrien serait-il capable de les élever seul ? Elle a toujours refusé l'idée que son métier puisse être un métier d'homme, mais dans la minute présente, elle ne sait plus très bien ; elle chasse cette pensée aussi vite que ce qu'elle a pu la faire naître et dans un sursaut de conscience professionnelle, elle s'entend dire *zot doit vitement courir pour ariv'à l'heure.* Plus une minute à perdre ! C'est son devoir de tirer Vincent du piège dans lequel il est tombé. Madame la commissaire a le sens des responsabilités, s'il y en a une qui doit les assumer, c'est elle !

Le pays où aller

Dans le maquis grassois, nuit du 10 novembre 2018

C'est Elle, c'est à cause d'elle, je ne voulais pas la tuer, elle ne m'a pas laissé le choix…

Florence Cantarelli se fraie un chemin à travers les chênes kermès et les argelas épineux du maquis et laisse échapper des envolées de paroles qui trouent le silence de la nuit. Les mots jaillissent avec fracas et n'ont pour toute réponse que le cri d'une chouette. Elle avance en titubant, hagarde, exaltée, prenant à témoin les arbres.

Elle n'aurait pas dû me dire de venir la retrouver chez elle dans la soirée et encore moins me proposer d'aller la rejoindre dans son pays natal.

Elle voulait m'abandonner elle aussi, j'en suis sûre : je sais qu'elle ne m'aurait jamais recontactée une fois installée en Grèce. Tout ça c'est du pipeau, elle croit que je suis née de la dernière pluie… Je suis née de rien, de moins que rien, parce que celui qui m'a conçue est une merde.

Les larmes troublent la vision de la jeune femme et elle entame un dialogue confus avec sa mère dont elle entend résonner sa voix ensevelie en elle.

Oui une merde, voilà ce qu'il était, ton maquereau, maman ! Il n'a pas daigné venir te voir à la maternité lorsque tu t'es vidée de moi : il craignait qu'on le reconnaisse, peur de me reconnaître. Espèce de salaud, il m'a jetée aux oubliettes dès le premier jour de ma naissance ! Et toi, arrête de dire que je suis l'enfant de l'amour, arrête de te raconter des histoires, tu n'as fait que ramasser des miettes. Maman, je ne veux plus jamais entendre parler de ce bouquet de roses rouges que ce minable t'a fait livrer par Interflora à la clinique. Tu m'as dit cent fois que c'est le plus beau bouquet que l'on t'a offert de ta vie entière, tu parles ! Ces roses, elles empestaient et encore aujourd'hui elles m'empêchent de respirer.

La clarté de la lune rend la silhouette de Florence démesurée, avec une démarche de grand oiseau cloué au sol ; elle fait des gestes saccadés avec ses bras croyant sans doute chasser les fantômes qui l'accompagnent. Elle hausse le ton, jusqu'à malmener ses cordes vocales, pour couvrir les voix qui lui brûlent la cervelle.

J'ai amené des fleurs à Sophia, je les ai achetées au marché de Grasse, les filles aussi ont eu droit à leur bouquet de roses, ces putes n'étaient pas dignes de vivre.

Sophia pour moi, c'était ma déesse, ma raison de vivre. Je voulais pas qu'elle meure, jamais.

Seulement voilà, elle, ce qu'elle désirait cette nuit, c'était me baiser, c'est tout. J'aurais dû me méfier quand elle m'a demandé d'aller passer la soirée chez elle ; à l'auberge, pendant le déjeuner j'ai bien vu comment elle me regardait, ce qu'elle voulait c'est que je devienne sa chose, son objet sexuel. Elle n'a rien compris à l'amour absolu que je lui portais : depuis notre rencontre, chacune des heures passées à la regarder, à l'admirer dans son laboratoire, a suffi à combler ma vie.

Je suis née le jour où son regard s'est posé sur moi.

Sa voix se brise en un sanglot, son souffle devient court, elle a maintenant du mal à articuler. Le crépuscule descend ses marches obscures et la nuit se pétrifie. Florence froisse le silence en reprenant son soliloque.

Une pauvre petite conne, voilà ce que je suis ! je croyais quoi ? Que Sophia, admirée pour son talent, au sommet de la gloire, allait tomber amoureuse de moi, la bâtarde, une moins que rien ? Il faut que j'ouvre les yeux, le monde, il est beau juste dans mes livres de poésie, partout ailleurs c'est un tas d'immondices, de pourritures sur lequel fleurissent les roses…

La cueilleuse marque un temps d'arrêt, contemple le ciel muet, et se laisse absorber par l'épaisseur de sa noirceur jusqu'à éprouver une sensation de dilatation. Elle racle le fond de sa gorge pour contrefaire la voix suave de Sophia.

Tu viendras me rejoindre dans deux mois, je te trouverai un logement à Athènes et un boulot.

Elle éclate d'un rire mauvais et ses paroles fusent dans la campagne endormie.

Elle me prend pour qui ? Tu crois que j'ai pas vu que tu voulais te débarrasser de moi ? Tu allais te tirer et je ne t'aurais plus jamais revue. Tu sais ce que tu es ? Une mère maquerelle, pas plus. Tu espérais quoi ? Que j'allais coucher avec toi ? Que tu pouvais faire avec moi toutes les choses dégueulasses que tu fais avec les autres ? Que j'allais lécher ton cul et te supplier de m'emmener ? Je ne suis pas une pute, tu ne me connais pas, tu ne sais pas qui je suis, personne ne le sait !

Elle se tait un court moment suffocant d'une rage invasive, puis elle reprend de plus belle en invectivant son géniteur qu'elle ne peut nommer.

Si j'avais été un garçon, peut-être que toi, tu serais venu vivre avec nous, tu aurais quitté ta femme et tes trois mioches. Mais, pas de chance, je suis née avec le mauvais genre, le sexe faible, et tu n'as pas voulu d'une quatrième fille ! Tu nous as abandonnées et salies pour toujours. Les hommes, ce sont eux qui choisissent, eux qui invitent les filles à entrer dans leur vie ou pas, à entrer dans leur lit ou pas. Moi, je n'ai jamais pu choisir…

Florence s'arrête pour reprendre son souffle, elle appelle sa mère et lui demande de venir la chercher de ne pas l'abandonner. Puis d'une voix plaintive, elle s'adresse à la parfumeuse.

Sophia, pourquoi tu m'as invitée dans ta maison de Plascassier ? Cette baraque, je l'ai en horreur et je ne pensais pas qu'un jour j'y remettrais les pieds : c'est là qu'Élodie et Marion ont découvert que je m'habillais en homme pour sortir. Je faisais ça, juste pour voir l'effet que je pouvais faire sur les filles ; ça me prenait un temps infini, pour m'habiller d'abord, puis pour coller ma barbe postiche : une barbe rasée de près c'est beaucoup plus difficile à poser qu'une bien fournie. Quand j'étais enfin parée après des heures de préparation, je partais en début de soirée, parfois en stop, parfois à pied et j'allais dans les bars branchés de Grasse pour regarder passer les filles, c'est tout. Je ne faisais aucun mal ; à l'heure de la fermeture, il y avait toujours un serveur qui venait me dire : « Allez Lucas, on ferme, je te remonte à Plascassier… »

Elle titube en reprenant sa marche en changeant de tonalité, la voix grave de Lucas se fait entendre.

Ce soir-là quand Élodie et Marion sont entrées dans ma chambre pour m'espionner, je n'oublierai jamais leurs éclats de rire ; tout a basculé, mon corps s'est fracassé en mille morceaux. J'ai failli les tuer sur le coup, j'ai attrapé tout ce qui me passait sous la main mais au lieu de leur jeter à la figure j'ai tout balancé contre les murs et la table du salon. J'ai su qu'un jour elles disparaîtraient vraiment de ma vie, de la vie.

Il y a maintenant une sorte de jubilation dans le flot de paroles lacérées que Florence lance à la forêt ; un besoin impérieux de raconter encore et encore son histoire, dire tout ce qu'elle était arrivée à cacher jusque-là. Le nez au ciel, trébuchant à chaque pas, mêlant joie féroce et sombre tristesse, elle hurle à qui ne peut l'entendre.

Je vais disparaître aussi, m'enfuir, je ne veux pas qu'ils me retrouvent, pas qu'ils m'enferment à nouveau ! Dans moins d'une heure, je serai dans mon refuge mais je ne vais pas y rester longtemps car l'endroit n'est plus sûr. Je vais passer le reste de la nuit à rassembler mes affaires. Être légère comme une plume, finies les années de plomb, je ne me chargerai pas inutilement, je suis assez encombrée comme ça ; j'abandonnerai tout mon fatras : l'alambic, les fioles, le masque à oxygène, les plantes et tout le reste, je n'en ai plus besoin maintenant, j'ai fait ce que j'avais à faire et ils ne serviront plus. Mes livres, je prendrai mes livres, enfin pas tous, mes livres de poésie, enfin pas tous, ceux de Baudelaire, oui, ceux-là je les emporterai. Demain, dès l'aube, à l'heure où blanchit la campagne, je partirai.

Tandis que la nuit se resserre, Florence s'approche du cabanon éclairé par la lune, elle récite à mi-voix, retrouvant un peu de sérénité, le poème de Victor Hugo et dans son esprit égaré les mots trouvent toute leur résonance :

« Je partirai. Vois-tu, je sais que tu m'attends.
J'irai par la forêt, j'irai par la montagne.
Je ne puis demeurer loin de toi plus longtemps.
Je marcherai les yeux fixés sur mes pensées,
Sans rien voir au-dehors, sans entendre aucun bruit,

Seul, inconnu, le dos courbé, les mains croisées,
Triste, et le jour pour moi sera comme la nuit. »

Lorsqu'elle arrive enfin devant l'entrée, elle n'est pas vraiment surprise de voir un rai de lumière filtrer sous la porte. Plus rien ne lui semble étrange après ce qui s'est passé. Quelqu'un l'attend peut-être, cette idée effleure à peine sa pensée : elle n'est plus là pour personne, elle s'est absentée du monde.

Vincent a entendu la voix et les pas de la jeune femme s'approchant de la maisonnette, il a été rassuré car depuis de longues heures il l'attendait et avait fini par s'inquiéter, et si elle ne revenait plus ? S'il était trop tard ?

Dans son studio d'Endoume, il avait passé tant d'heures à rechercher sur internet quel lien il pouvait y avoir entre Marion Varten et Élodie Barles : il voulait mener sa propre enquête pensant que lui seul prouverait son innocence et clouerait le bec à la commissaire et son adjoint une bonne fois pour toutes. À force de répertorier les photos des deux filles, le hasard a voulu qu'il tombe sur un reportage sur la cueillette des roses centifolia à Plascassier paru dans le journal Nice Matin datant du 5 mai 2018 : trois jeunes filles étaient prises en photo dans le terrain horticole où avait lieu le ramassage. Il n'avait pas eu de mal à reconnaître les deux étudiantes et avait pu par la suite identifier la troisième jeune fille, en rapport d'âge avec les deux premières victimes. Le reste fut un jeu d'enfants pour lui : toujours sur le web il s'était renseigné sur les trafics dans l'industrie du parfum qui fleurissaient dans la région de Grasse et il avait fini par se persuader que c'était là le mobile des meurtres en série et que la troisième cueilleuse serait la prochaine victime, elle était en danger de mort et lui allait mettre sa vie en danger pour la sauver.

Lorsqu'il voit entrer Florence, Vincent est saisi par son air égaré, elle ne lui demande même pas qui il n'est ni ce qu'il fait chez elle. Ses yeux noirs fiévreux lui mangent le visage, elle le regarde sans le voir. La sueur, malgré la fraîcheur de la nuit, perle sur son front livide et fait luire ses cheveux coupés très court. Elle se tient debout devant lui, immobile, comme un soldat revenu d'un champ de bataille. Il lui parle d'un ton très doux pour ne pas lui faire peur mais il comprend vite que la frayeur nichée en elle n'en sortira plus.

L'étrange dialogue qui se noue alors sera à tout jamais gravé dans la mémoire de Vincent. Florence est dans la plus grande confusion et elle voyage dans le temps sans plus aucun repère, son discours décousu est une logorrhée sans fin.

Elle a passé tant et tant d'heures à regarder travailler Sophia sans dire un seul mot et maintenant que sa déesse est morte, les vannes s'ouvrent enfin laissant le flot de paroles se déverser sans répit.

La meurtrière se laisse submerger par un discours qui la ramène chaque fois dans ce pays où elle n'ira jamais, là où elle aurait voulu vivre afin que son amour fou s'y épanouisse...

Vincent écoute ses élucubrations en prenant soin de ne pas répondre à ses propos incohérents. Lorsqu'il comprend qu'elle a commis l'irréparable, il est étonné de ne pas se sentir en danger face à cette criminelle, après tout elle a peut-être une arme cachée dans le cabanon avec laquelle elle pourrait le tuer, maintenant qu'elle a été démasquée. Il sait qu'il doit jouer contre la montre, il a prévenu la commissaire Hoareau, il a confiance en cette femme, elle ne le laissera pas tomber.

Comment a-t-il pu se méprendre ainsi ? Il repasse dans sa tête le scénario des meurtres en série, mais il n'arrive pas à reconstituer le puzzle ; il est étrangement serein et au fond de lui il a la certitude que la commissaire détient la pièce manquante, elle ne tardera pas à arriver.

Florence lui parle d'elle, de ses blessures, appelant parfois sa mère à son aide, cette mère qu'elle a elle-même si souvent secourue quand celle-ci, ivre morte, n'arrivait même plus à monter les escaliers du HLM où elles vivaient toutes les deux. Elle dit sa honte, les railleries des voisins, leur vie misérable. Elle dit aussi la douleur de la perte et son désarroi quand elle a su que sa mère était décédée ; mais dans l'instant qui suit, elle parle à celle qui l'a mise au monde dans le plus grand déni de sa mort.

Vincent ne l'interrompt pas car il devine que chaque effort qu'il pourrait faire pour tenter d'amoindrir l'état de choc de la jeune femme ne servirait qu'à augmenter son trouble et peut-être sa fureur. Il profite des moments où elle plonge dans un profond mutisme pour parler à son tour ; il voyage avec elle dans le temps, mais ils ne sont pas dans le même wagon, et il a un train de retard dans cette traversée folle où Florence voudrait l'emmener. Il lui raconte ses blessures à lui, bien réelles, lui montre sa cicatrice sur la joue et celle cachée par son pantalon découvrant sa jambe maigre ; il lui dit aussi ses plaies plus profondes, celles qu'il n'est jamais arrivé à refermer complètement.

Elle lui révèle sa terreur d'être de nouveau enfermée, sa peur de vivre aussi, maintenant que Sophia est morte.

Il explique qu'il a vécu quinze ans enfermé en lui-même depuis son accident de scooter, c'est la pire des prisons ; il dit ses addictions, ses manques, les masques qu'il a portés, les moqueries qu'il a subies.

Puis, il se tait, il attend.

Il fait calme soudain. La tranquillité de ceux qui savent que rien ne pourra plus être comme avant. Le silence entre eux n'est pas un mur. Florence s'est recroquevillée, assise à même le sol. Dans une immense stupeur qui se finit en tristesse, elle entame un lent mouvement pendulaire avec son corps raidi par les tensions.

Vincent pense au docteur Martinier, quand il le reverra, il saura trouver les mots vrais pour dire tout ce qui lui est arrivé depuis leur dernière séance. Il s'imagine aussi sur la jetée, face au MUCEM, c'est là qu'il donnera rendez-vous à Leïla et il lui racontera comment il a surmonté ses peurs et su revenir d'une traversée où il a vu la folie et la mort voyager ensemble. Il n'en fera pas toute une histoire, mais Leïla comprendra. Car il la reverra.

Après un long moment de silence prostré, Florence, rongée par la mélancolie, reprend la parole et Vincent, sans savoir pourquoi, pense que c'est là sa dernière phrase.

Elle murmure simplement : « Maintenant que j'ai tué Sophia, je n'ai plus de pays où aller ».

Remerciements

Je voudrais tout d'abord remercier Laurence Schwalm pour la confiance qu'elle m'a témoignée en m'accueillant dans sa maison d'édition.

Merci au docteur Michel Leca, psychiatre à Marseille pour son regard d'expert concernant la véracité des personnages, et à Caroline Richard qui m'a ouvert les portes du monde de la parfumerie.

Les conseils avisés et les encouragements de mon amie Floryse Grimaud ont été des petits cailloux semés sur le chemin de la création.

Enfin, le soutien de mes proches a été déterminant dans cette aventure. Merci à mon mari, Jean-Luc, son écoute bienveillante et sa présence aimante à mes côtés n'ont jamais fait défaut. Toute ma reconnaissance pour leur aide va vers mes enfants, Sidonie et Matthieu Reynier, leur amour décuple mes forces. L'accompagnement de ma fille a été déterminant dans cette aventure, sa disponibilité sans faille et sa perspicacité m'ont été précieuses.

DU MÊME AUTEUR

La femme aux mains jointes. Editions Privat. 2018.

Dans la même collection

Épilogue selon Marguerite, Anne Bert, 2014
Ball-Trap à Paddington street, Frédéric Bessat, 2014
L'incroyable destinée du vieil Oldstone, F. Bessat, 2014
Ferme la porte en sortant, Thérèse André-Abdelaziz, 2014
Le blues du funambule, Muriel Mourgue, 2015
La chair et le néant, Sylvain Lapo, 2015
La stratégie du perroquet, Christine Antheaume, 2015
L'habit de sang, Béatrice Couturier, 2015
La Dame des brumes, Patrice Woolley, 2015
Une passion française, Nathan Saint-Cames, 2016
Le hurlement de la chair, Matthieu Becker, 2016
La mutité des sentiments, Matthieu Becker, 2016
L'Ivre mort, Alain Bourmaud, 2016
Secrets, mensonges et trahison, Éric Thévenot, 2016
Au nom de Sarah, Armel Veilhan, 2016
Brouillards à l'encre fraîche, Jean-François Rottier, 2016
Bhoutan, Monique Plantier, 2017
Secret de famille, Jean-François Rottier, 2017
Pèlerinage en eaux troubles, Michel Dessaigne, 2017
Les incestueux, Jean-Paul Lebel, 2017
Le Noël de Jeanne, Dominique Bailly, 2017
La porte condamnée, Max Alhau & Michel Lamart, 2017
En corps présent, Jean-François Dietrich, 2017
Loin dans le temps, Jean-Luc Emmanuel Chassard, 2018
Entre-temps, Anne Le Roy, 2018

Green Man, Pierre Athanaze,- 2018
Histoires courte…, Véronique Cohu, 2018
Le trou des parpaillots, Michel Pontoire, 2018
Ruptures, Madeleine Zimmermann-Munsch, 2018
Le 4x4, Mireille Maquoi, 2018
Compte à rebours pour Monsieur X, Jacques Papin, 2018
L'or du sphinx, Gérard Poteau, 2018
Un puissant murmure, Suzanne Max, 2018
Le monde selon Flambeau, Claude Dantan, 2018
La cage, Michel Beuvens, 2018
À la frontière, Cendrine Bertani, 2018
Des nouvelles de la mer, Guillaume Lefebvre, 2018
Une semaine entre deux dimanches, Philippe Lebeau, 2018
Le chemin de traverse, Elsa Bariau, 2018
Les pleurs du corbeau, Michel Dessaigne, 2018
L'enfant de minuit, Emmanuel de Toma, 2018
Le démon de la cinquantaine, Rémy Lasource, 2019
Ne m'attends pas…, Pierre Morvilliers, 2019
La mort de l'albatros, Chantal Vidil, 2019
Oscar, Gustave et L'Urinoir, Isabelle Richard, 2019
Belle de vie, Sarah Poulain, 2019
Jean-Christophe et cætera…, Michel J. Clerc, 2019
L'Amour sur le vif, Valéry G. Coquant, 2019
Le temps du trajet, Philippe Lebeau, 2019
Babylove, Mireille Maquoi, 2019
En mon âme égarée, Richard Molne, 2019
Goût d'étoile, Alfred Nasewicz, 2019
Un parfum pour l'éternité, Guy Servranckx, 2019
Juste un petit break, Carole Meudic, 2019
Les Petits Vieux dans l'Arbre, Dominique Dejob, 2019
Les Effacements, Jean-François Dietrich, 2020
Borderline, Sarah Poulain, 2020
Sur un air d'ocarina, Pascal de Pablo, 2020
Elephant Murder, Michel Dessaigne, 2020
Le facteur de la mort, Bernard Loesel, 2020
Le jeu des astres, Céline Heydel, 2020
Gens de la Gravelle, Michel Pontoire, 2020
Retour à La Paz, Jean-Luc Emmanuel Chassard, 2020
Marcel et le Cadre Noir, Jacques Papin, 2020
Sur le fil, Dominique Dejob, 2020
Fuir encore, Patricia Roumy, 2020

Finitude, ou Marie le temps s'en va, Catherine Pellié, 2020
Elisabeth a disparu, Michèle Labidoire, 2021
La parenthèse, Olivier Voisin, 2021
Le juste grain du parfum, Claude Couliou, 2021
Papy Sitting, Carole Meudic, 2021
Fractures, Laure Decourchelle, 2021
A l'ombre de la colline aux ours, JP Mabille, 2021
Le Noir qui était Blanc – Jean Thielé – 2022
La Strega – Anne Barthel – 2022
Puits d'ombre – Isabelle Pons – 2022

Cet ouvrage a été mis en page par Ex Æquo

Laurette Autouard

Les fleurs vénéneuses du mâle

ISBN : 979-10-388-0322-0
Collection : Blanche
ISSN : 2416-4259
Dépôt légal : avril 2022

Éditions Ex Æquo
6 rue des Sybilles
88370 Plombières Les Bains
www.edition-exaequo.com

Ce livre a été imprimé en France par l'imprimerie ICN à Orthez (64300) sur des papiers français et dans le respect des règles environnementales.